Kontrollieren

Symphonie
der
Unterwerfung

-Teil Vier-

CD REISS

Aus dem Englischen von Franziska Popp

eins

Monica

»Auf deine Knie.«

Sogar durch das Telefon konnte ich erkennen, dass Jonathan seine dominante Stimme benutzte. Ich wurde nervös, denn ich hatte die Befürchtung, so feucht zu werden, dass sich der Hygienestreifen im Schritt des teuren Höschens ablösen würde. »Ja, Sir.«

Ich wandte mich dem Spiegel in der Umkleidekabine zu, bevor ich mich hinkniete. Die schwarzen Strapse und Strümpfe, die ich gerade anprobierte, fühlten sich wie eine zweite Haut an. Der schwarze Strumpfgürtel saß tief auf meinen Hüften und hielt die Bänder, die mit silbernen Ringen meine Schenkel hinunterführten.

»Wie sieht es aus?«, fragte er.

»Ich denke, es würde dir gefallen.«

»Wie fühlst du dich darin?«

»Willst du das wirklich wissen?«, fragte ich.

»Ich sitze auf der Rückbank eines Autos und denke an dich. Der Verkehr steht still. Also ja, ich will wissen, wie du dich darin fühlst.«

Vor der Umkleidekabine konnte ich Frauen hören. Deren leise Unterhaltungen und das Gelächter wurden durch die Kleidung im Raum gedämpft. Dessous mit Schleifen, Verschlüssen und Metallringen, die mit luxuriöser Seide und Bändern in Einklang gebracht wurden. Jedes Teil, das ich anprobierte, hatte mich erregt, und in Verbindung mit dem Anruf und seiner Stimme fast zur Verzweiflung gebracht.

»Wie ich mich fühle?«, fragte ich. Der Teppich grub sich in meine Knie. Durch die Klimaanlage hatte sich Gänsehaut auf meinem Körper gebildet. Aber von diesen Dingen sprach er nicht. Die Körbchen des schwarzen Seiden-BHs bestanden aus zwei Teilen, die für einen besseren Zugang entfernt werden könnten. Das Ensemble war bequem; ich hatte nicht einmal das Gefühl, dass ich etwas anhatte. Die Passform des Höschens betonte die Länge meines Oberkörpers. »Ich habe das Bedürfnis zu ficken.«

Ich hörte, wie er einatmete. Ich genoss es, ihn zu schocken. »Klemme das Handy unter dein linkes Ohr.«

»Fertig.«

»Fertig?«

»Fertig, Sir.«

»Lege deine linke Hand auf den Spiegel«, sagte er. »Lehne dich dagegen.«

»Ja, Sir.« Meine Hand spreizte sich auf dem Spiegel wie ein Seestern aus. Das würde Spuren hinterlassen.

»Schiebe deine rechte Hand zwischen deine Beine.«

»Jonathan ...«

»Tu es.«

Die Muskeln meines Geschlechts zogen sich vor Vorfreude zusammen. Behutsam streichelte ich mich durch das dünne Material hindurch, sog scharf den Atem durch meine Zähne ein, als die Empfindung der Berührung durch meinen Körper rauschte.

»Unter den Stoff«, sagte er, als würde er sehen können, dass meine Finger nicht im Kontakt mit meiner Haut waren.

»Ja, Sir.« Das Wort »Sir« schien nicht nur nach außen – zu ihm - zu vibrieren, sondern auch nach innen. Entlang eines Nervs, der von meinen Stimmbändern zu meiner Mitte führte. Als ich meine Finger unter mein Höschen schob, erschauerte ich.

»Bist du feucht?«

»So verdammt feucht«, flüsterte ich.

»Deine Beine sind gespreizt?«

»Ja.«

»Du siehst dich selbst im Spiegel?«

Das tat ich, und ich sah mich einem Gesicht gegenüber, das von Erregung gezeichnet war, mit roten Wangen und bereit für Sex. »Ja, Sir.« Ich beobachtete, wie ich mich ihm unterwarf, in diesem Outfit, obwohl ich wirklich nicht noch erregter sein konnte. Vor der Tür räusperte sich jemand.

»Wie siehst du aus?«, fragte er.

»Ich sehe aus, als würde ich nicht sehr viel länger hier bleiben können, ohne dass jemand kommt.«

»Das hast du richtig erkannt«, murmelte er. Am anderen Ende der Leitung wurden Papiere bewegt. Er arbeitete, während er mir befahl, mich zu fingern. Ein wahrer Multitasker. »Berühre deine Klitoris und lass dann deine Finger den ganzen Weg bis zu deiner wunderschönen Spalte gleiten.« Ich stöhnte, meine Wange gegen das Handy gepresst. »Mach weiter. Bearbeite deine Klitoris. Umkreise sie zweimal, bevor du darüber hinwegfährst.«

Das tat ich, und das himmlische Gefühl, das ich dabei empfand, wurde von der Berührung sowie von dem Wissen ausgelöst, dass ich ihm gehorchte. »Oh, Jonathan.«

»Schiebe zwei Finger in dich hinein.«

Mein Geschlecht zuckte um meine Finger, küsste diese, saugte an ihnen. Der Ballen meiner Hand fand meine Klitoris, während ich mit meinen Fingern zustieß.

Er flüsterte: »Wenn ich dich morgen Abend sehe, werden es meine Finger sein, während ich dich lecke, bis du mich anflehst, aufzuhören. Dann werde ich deine Klitoris zwischen meine Lippen pressen, bis du erneut kommst.«

»Ich will dich.«

»Du wirst mich haben.«

»Darf ich kommen?« Es bestand die Möglichkeit, dass er »Nein« sagen würde. Allerdings war ich bereits so weit fortgeschritten, dass es wehtun würde, wenn ich den Orgasmus zurückhalten müsste. »Erlaube mir bitte zu kommen.« Sein Schweigen war wie eine Folter. »Bitte, Sir.« Ich musste ein wenig lächeln. Niemals hätte ich erwartet, dass ich einen Sexualpartner einmal »Sir« nennen wollen würde. Aber es fühlte sich gut und richtig an. Ich hatte Spaß dabei.

Ich hörte das Lächeln in seiner Stimme, als er sagte: »Ich erlaube es dir.«

Ich presste die gesamte Länge meiner Hand an meine feuchte Spalte, spürte alles, von dem Kribbeln um mein Geschlecht bis hin zu dem durchdringenden Schmerz an meiner Klitoris, als ich langsam darüber fuhr, vor und zurück. Meine Atmung wurde stockender und schwerer. Ich musste versuchen, ruhig zu bleiben. Wenn ich mich selbst hören konnte, dann wäre ich auch für andere hörbar. Ich schloss meine Augen und krümmte mich. Meine Hand verließ den Spiegel, als sich mein Rücken wölbte und mein Körper von meinen Knien bis hin zu meiner Taille von Hitze eingenommen wurde. Ich biss mir auf die Lippe, um einen Schrei zu unterdrücken. Meine Hüften rotierten, als die Befriedigung in Wellen von mir Besitz nahm. Das Handy fiel auf den Teppich.

zwei

Jonathan

Ich hörte, als das Handy auf dem Boden aufkam und ihr Stöhnen den Raum ausfüllte. Ich sah aus dem Fenster, auf den Parkplatz, besser bekannt als Freeway 710, während ich mir vorstellte, wie sie sich berührte. Ich stellte mir den Ausdruck auf ihrem Gesicht vor. Ihren Duft, als sie sich dermaßen auf dem Boden krümmte, bis sie letztendlich das Telefon fallenließ. All das war passiert, als sie ein Ensemble aus Bändern und Seide getragen hatte. Ein Schauer rannte meine Wirbelsäule hinunter. Ich fühlte mich ihr verbunden, sobald ich ihr Befehle erteilte, die sie dann ausführte. Das kam einer Berührung so nah wie möglich.

»Jonathan?«, flüsterte sie.

»Wie fühlst du dich?«

»Ich möchte mich an dich kuscheln und schlafen.«

»Habe ich dir schon einmal gesagt, wie wundervoll du bist? Du befriedigst mich so sehr.«

Sie antwortete nicht sofort. Ich war mir sicher, dass meine kleine Göttin aus Echo Park gerade lächelte. »Warte, bis du das Höschen siehst, das ich gerade ruiniert habe. Das wird dich noch weitaus mehr befriedigen.«

»Kauf alles.«

Die Pause, die darauf folge, war nicht so befriedigend. »Darüber will ich noch mit dir sprechen.«

»Wir können uns morgen unterhalten. Ich werde dich nachmittags um fünf abholen kommen.«

»Werden wir uns ins Bett legen, um den Dodgers dabei zuzusehen, wie sie das sechste Spiel in Folge verlieren?«

»Eigentlich soll man einen Mann nicht fragen, wohin er einen ausführt.« Sie grummelte. Meine Göttin war ein großer Baseball Fan. Sie dachte wahrscheinlich, dass ich es nicht bemerkt oder schon wieder vergessen hatte.

Gestern war sie früh am Morgen gegangen. Zuvor war ich wieder eingeschlafen, während sie gesummt und mir durch die Haare gestreichelt hatte. Stunden später lehnte ich mich im Bürostuhl zurück, sah aus dem Fenster und dachte an sie. Es dauerte nicht lange, bis ich sie anrief, um zu fragen, ob ich sie zu einem Date ausführen könnte.

»Ein richtiges Date?«, hatte sie gefragt. »Wie ein Abendessen, ein Film oder etwas Ähnliches in dieser Richtung?«

»Ich kenne einen netten Ort. Dort können wir etwas Wein genießen. Gutes Essen. Du weißt schon, wie das die Menschen normalerweise machen.« Ich hatte über die Hollywood Hills geschaut und gewusst, dass ich sie einfach wiedersehen musste. Ich hatte ein derart schmerzliches Verlangen nach ihr, das sich nicht durch Anrufe und Nachrichten befriedigen ließ. Es hatte in der Minute eingesetzt, in der sie gegangen war und sich in den Stunden bis zu dem Anruf unaufhörlich gesteigert.

»Na ja, das klingt ja alles ganz nett«, hatte sie gesagt, »aber nur damit du es weißt, beim ersten Date habe ich noch keinen Sex.«

Ich hatte gelacht, als meine Assistentin ins Büro getreten war. Ich ließ sie wissen, dass sie sich hinsetzen sollte, und nahm ihr dann den Terminplan ab, den sie mir hinhielt. »Ich will, dass du dir etwas zum Anziehen kaufst«, sagte ich ins Handy.

»Oh nein, nicht schon wieder.«

»Wieder und wieder. Ich bin in einem Meeting.« Ich sah mir die Termine für den nächsten Tag an. »Kann ich dir eine Nachricht schreiben?«

»Du weichst meiner Verweigerung aus.«

»Ich werde mich nicht verspäten. Also sei fertig. *Angezogen* und bereit.«

»Ich danke dir für die Klarstellung.«

»War mir ein Vergnügen.«

Ich hatte mein Handy weggelegt, auf meinen Terminplan gesehen und dann einen Blick auf Kristin geworfen. »Ich habe abends halb sechs ein Meeting mit meiner Ex-Frau?«

»Sie haben mir aufgetragen, jeden Termin zu akzeptieren, den sie verlangen würde.«

»Das habe ich. Sagen Sie das Treffen ab und vergessen Sie, was ich Ihnen diesbezüglich aufgetragen habe. Sie kann sich wie jede andere Person an einen Terminplan halten.« Kristin wackelte mit ihrem Fuß und nickte. Ihre Körpersprache war wie ein offenes Buch. Sie war dermaßen einfach zu durchschauen, dass mir nicht klar war, wie sie es durch das Vassar College geschafft hatte, ohne dass sie von diesen Hyänen lebendig verspeist worden war. »Ja?«

»Wollen Sie morgen Ihre Verabredung zum Mittagessen mit Eddie einhalten oder sich stattdessen lieber mit Gerald Deritts vom Gremium 12 treffen? Er hat angerufen, um Bescheid zu sagen, dass er einen Termin bezüglich der Verordnung zur Mehrfachnutzung hätte.«

»Sagen Sie Eddie ab.«

»Sheila steckt auf der 405 im Stau. Aber sie hat das dem Terminplan dazugelegt.« Sie händigte mir eine Mappe aus.

»Ah, Jessicas Treuhand«, hatte ich gemurmelt, als ich durch die Dokumente blätterte. Sobald wir verlobt waren, hatte ich ein Treuhandkonto für sie eingerichtet, das sie mit allem ausstattete, was sie benötigte. Auch wenn sie über Geschmack und soziales Ansehen verfügte, wusste sie nicht, wie man Geld zu verwalten hatte. Während der Scheidung hatte ich vorgehabt, diese Zuwendungen aufzuheben. Allerdings hatte ich mich nie dazu durchringen können. Ich hatte mich wie ein Weichei verhalten. Mir selbst hatte ich gesagt, dass sie keinen Cent von mir genommen hatte, da ich dies einfach glauben wollte. Die Abhebungen taten mir nicht weh, aber sie fuhr fort, Geld aus den Fonds zu nehmen, obwohl mir das Gebäude, in dem sich ihr Studio befand, gehörte und ich keine Miete von ihr verlangte. Es gab andere Ausgaben, die ich mit Sicherheit vergessen hatte. »Sagen Sie Sheila, dass ich mir einen

Überblick über die finanziellen Verwicklungen mit meiner Ex-Frau verschaffen möchte. Planen Sie das für die nächste Woche ein.«

Kristen spitzte ihre Lippen. Ich hätte sie fragen können, was ihr im Kopf rumging, aber eine Unterhaltung war mir diese Information nicht wert. Dass sie in mich verknallt war, war süß gewesen, als ich sie gerade neu eingestellt hatte. Mittlerweile war es das allerdings nicht mehr. Ich hatte mit einem »Nein« geantwortet. Ich hatte an Sex mit ihr keinerlei Interesse. Weitere Debatten, oder warum ich mir kein Bein mehr ausriss, um mich mit Jessica zu treffen, wären unproduktiv.

Nachdem ich mit Kristin fertig war, hatte ich versucht, mich wieder auf die Arbeit zu konzentrieren, aber meine Gedanken wurden von Monica eingenommen. Mit der Vorfreude des morgigen Dates im Blick richtete ich für sie ein Konto bei Bordelle ein. Als ich ihr eine Nachricht mit den dazugehörigen Informationen schickte, kam die Antwort…

- Ein Kundenkonto? Für alle Mädels? –

- Habe es gerade eröffnet. Geh hin. Für mich. –

Am nächsten Tag rief sie mich aus der Umkleide an, um sich zu bedanken, woraufhin ich mich nicht länger zurückhalten konnte. Ich musste sie einfach haben, und genau das passierte auch. Sie ließ sich auf ihre Knie herunter, als ich es ihr befahl. Sie schlüpfte mit Leichtigkeit in ihre Rolle und auch wieder heraus, ging nahtlos wieder zu ihrem schlagfertigen, intelligenten Selbst über. Sie fühlte sich von mir nicht eingeschüchtert. Sie neckte und forderte mich heraus. Sie küsste, als würde sie es auch so meinen, und seit der ersten Nacht genoss sie das Ficken ohne Vorbehalt oder Scham zu empfinden.

Monica war, um es mit einem Wort auszudrücken, perfekt.

drei

Monica

Ich war total mit Shoppingtaschen beladen, als ich zum Café lief. Jonathan hatte Bordelle angerufen und das Personal wissen lassen, dass sie alles einpacken sollten, was ich mit in der Umkleide hatte. Also machte ich mich danach auf den Weg zu Nordstrom, um mir verdammt nochmal mein eigenes Kleid zu kaufen. Ich hoffte, dass es ihm gefallen würde, da es mich zwei Wochen beim Trinkgeld zurücksetzte. Eine Menge Geld für etwas, das auf dem Stuhl seiner Veranda enden würde. Aber ich musste mich bei der ganzen Sache wohlfühlen. Ich akzeptierte ihn als den Dominanten im Bett, und das funktionierte sehr gut für uns. Aber außerhalb des Schlafzimmers war ich noch immer eine selbstständige Frau.

Abgesehen von den achthundert Dollar Dessous.

Mit schnellem Schritt lief ich auf den Eingang des Terra Cafés zu. Yvonne saß mit ihrem vierzehnmonatigen Kind auf der Terrasse und löffelte Eiscreme aus einem Becher.

»Süße«, sagte sie, als wir uns umarmten, »wo zur Hölle warst du denn shoppen? Und was hat das mit den Schuhen zu bedeuten?«

Ich neigte meinen Fuß, um die rote Sohle sichtbar zu machen. Ich trug die Schuhe, die ich bei Barneys gekauft hatte, öfter als ich das sollte. Aber sie auf dem Boden des Kleiderschrankes versauern zu lassen, schien mir wie ein Verbrechen. Yvonne sah mich aus den Augenwinkeln an, während sie Eis löffelte. Ihr Afro war auf das vierfache Volumen ihres Kopfes gebracht worden. Ihre Augen waren mit goldfarbenem Eyeliner umrandet und die Lippen in dem gleichen schokoladigen Farbton wie ihre Haut geschminkt. Sie sah einfach hinreißend aus.

»Gefallen sie dir?«, fragte ich.

»Ich weiß, was sie kosten; also weiß ich auch woher du sie hast. Ob ich sie nun aber mag oder nicht, hängt von anderen Dingen ab.«

Ich setzte mich hin und bestellte mir einen grünen Tee und so ein schokoladiges Kuchendingens. Aaron saß in seinem gestreiften T-Shirt und der Latzhose mit offenem Mund da. Vanilleeis tropfte aus seinen Mundwinkeln, als wäre er ein Milch-Vampir.

»Das mit deiner Freundin tut mir leid«, sagte sie. »Wart ihr euch sehr nah?«

»Sie war wie eine Schwester für mich.« Ich fühlte, wie sich ein Kloß in meinem Hals bildete, wie ein Schluchzer seinen Weg nach oben finden wollte. Ich schluckte ihn hinunter. Ich weinte nicht in der Öffentlichkeit. Im Privaten allerdings war es eine tränenreiche Zeit mit niederschlagendem Kummer gewesen. »Aber es ist alles in Ordnung. Ich komme damit klar. Ich habe noch nicht ihr Zimmer ausgeräumt. Aber na ja…wie läuft die Uni? Du bist in deinem letzten Jahr, richtig?«

»Ich versuche gerade, dass meine Thesis akzeptiert wird. Außerdem denke ich daran, von Geschlecht auf Rasse zu wechseln. Etwas in die Richtung von Politik und Frauenkörpern.«

»Sexuelle Schnittpunkte.« Mein Tee kam.

»Oh, das ist gut.« Sie kratzte an dem Boden des Eisbechers herum. »Allerdings wollte ich mich nicht mit dir zum Mittagessen treffen, um über die UCLA zu reden.«

»Dann also das Wetter?«

»Meinen Boss? Deinen ehemaligen Boss? Dieser heiße Hurensohn? Ein Meter neunzig? Recht gut gebaut? Rotbraune Haare auf dem Kopf…und unten?«

»Nicht vor dem Baby.«

»Ich habe gehört, dass er ein Freak im Bett ist.« Mir kam der Tee aus dem Mund gespritzt. »Na ja«, fuhr sie fort, »diese Dinge sprechen sich rum. Also…« Sie rutschte über ihren

Stuhl. »Was zum Teufel?«

»Yvonne, ehrlich jetzt. Total unangebracht.« Ich sah sie über den Rand der Tasse an, während ich auf einen schnellen und schmerzlosen Tod hoffte. Ich hatte gewusst, dass sie mir Fragen über Jonathan stellen wollte, allerdings war mir nicht bewusst gewesen, dass sie über seine Neigungen im Bild war.

»Er ist sehr privat, wenn es darum geht, wen er…« Sie stoppte sich selbst. »…mit wem er Zeit verbringt. Aber wir haben alle die Bilder von der L.A. Mod in der Zeitung gesehen. Und zu der Totenwache deiner Freundin war es kein Geheimnis.«

»Ich weiß nicht, als was man uns derzeit bezeichnen würde«, antwortete ich. Aaron machte einen langen *Aaaaaahhhhh*-Laut purer Freude. Er trat von unten gegen die Tischplatte, und das Besteck wackelte. »Er ist süß, das Baby meine ich. Du hast ihn gemacht?«

»Dieser Irre und ich. Allerdings kann ich nicht leugnen, dass er ein gut aussehender Irrer ist.«

»Stalkt er dich noch immer?«

»Die Polizei musste letzte Woche kommen. Er hat eine Kamera an dem Fenster in meinem Schlafzimmer angebracht, um mich beim Schlafen zu beobachten. Wirklich bezaubernd, oder nicht? Oh, und er hat sich meine Kontendaten beschafft, damit er ,die Unterhaltszahlungen für Aaron gleich dort draufpacken kann', um mir den Weg zur Bank zu ersparen. Ich habe gesagt: ,Man ey, ich hoffe, dass die nazistische Persönlichkeit nicht vererblich ist'.«

»Das tut mir leid.«

»Ich habe dich angerufen, damit du mich ein wenig ablenkst, aber bisher hast du wirklich vollkommen versagt.«

Ich hatte gewusst, dass sie fragen würde. Deshalb hatte ich Grenzen vorbereitet. Aber sie hatte diese sofort niedergeschlagen, als sie das Freak-Gerücht offenbart hatte. Das Ding war, dass ich es ihr erzählen wollte. Ich hatte niemanden, mit dem ich darüber sprechen konnte. Darren wollte nichts darüber hören. Gabby war tot. Debbie und Jonathan waren befreundet. Einige meiner Freundinnen kannte ich besser als Yvonne, aber von denen hatte mich niemand über den gut aussehenden Mann bei Gabbys Totenwache ausgefragt. Sie hatten die Augenbrauen hochgezogen und sich ihm vorgestellt. Ich hatte Anrufe erhalten, mir wurden Fragen durch die Blume gestellt und ich hatte Einladungen zu Partys und Treffen bekommen. Allen hatte ich eine Abfuhr erteilt. Allen außer Yvonne. Wahrscheinlich weil sie sehr direkt war, wenn es darum ging, an Informationen zu kommen.

»Wir haben Sex«, sagte ich. »Morgen Abend haben wir ein Date, was neu für uns sein wird.«

Sie legte ein Kartonbilderbuch vor Aaron hin und lehnte sich mir entgegen, als sie ihre langen, dünnen Arme verschränkte. »Ihr *habt* Sex? Bist du eine Großmutter, oder was? Komm schon. Ich habe gehört, dass er auf Peitsche und Metallketten steht.«

Ich presste meine Lippen zwischen meine Zähne. Irgendwann musste ich mich wohl mit den Gerüchten auseinandersetzen. »Bisher habe ich ihn noch nie eine Peitsche oder Metallkette halten sehen. Auch habe ich diese Dinge noch nicht in seinem Haus oder seinem Schlafzimmer gesehen. Allerdings…« Ich ließ meine Stimme leiser werden, nahm einen Schluck von meinem Tee, um Yvonne zu locken. »…werde ich nicht bestreiten, dass die Gerüchte zum Teil der Wahrheit entsprechen.«

»Süße«, sagte sie ohne große Begeisterung.

Ich zuckte mit den Achseln, wollte die ganze Sache herunterspielen, aber Yvonne war gekommen, um alles aus mir herauszubekommen. Sie würde sich nicht mit Allgemeinheiten und vagen Zugeständnissen zufriedengeben. »Wie ist es?«, fragte sie.

»Einfach unglaublich.«

»Erzähl mir davon.« Ihr Flüstern klang heiser vor Vorfreude.

»Das kann ich nicht«, erwiderte ich flüsternd. »Man kann es nicht beschreiben. Es ist nicht aufregend, solange du dich nicht in der Situation befindest. Er spricht zu mir. Er sagt mir, was ich möchte, noch bevor ich das selbst weiß und bevor ich es mir selbst verweigern kann. Mit ihm bin ich frei, aber nicht auf die Weise, die du denkst.« Ich drehte meine Teetasse auf den Kopf und platzierte sie dann auf dem Unterteller.

Ich hörte auf mit dem Reden. Ich hätte mehr sagen können. Ich hätte ihr erzählen können, dass er mich dominierte und ich mich unterwarf, in dem ich all das losließ, was ich von mir selbst erwartete. Ich trat all meine Kontrolle, all meine Emotionen, alle körperlichen Grenzen an ihn ab. Und indem ich das tat, fand ich sexuelle Ehrlichkeit. Ich fühlte mich ihm mehr verbunden als jedem anderen, weil er Dinge in mir sah, die ich nicht sehen konnte. Die zitternden, schwachen und angsterfüllten Teile, deren Existenz ich leugnete, brachte er hervor, um sie zu streicheln. Der Gedanke an seine Anordnungen führte dazu, dass es mich wieder nach ihm verlangte. Ich überschlug meine Beine, davon überzeugt, dass Yvonne es nicht verstehen würde.

Ihr Gesichtsausdruck teilte mir mit, dass ich recht hatte. Eine ausdruckslose Maske, losgelöst von dem Drama, das meine Abenteuer mit einem reichen Mann umfasste. Sie war nicht direkt besorgt. Eigentlich wirkte sie eher nachdenklich. »Also, wohin wird es führen? Ist es ernst? Etwas Langfristiges? Nur Sex?«

»Ich weiß es nicht.«

»Was hast du für ein Gefühl dabei?«

Zu dieser Frage würde sie ganz sicher keine ehrliche Antwort bekommen. »Wir gehen es langsam an. Ich mag es, in seiner Nähe zu sein. Ich versuche, gefühlstechnisch Abstand zu wahren, aber ich glaube nicht, dass ich dabei sehr erfolgreich bin.«

Aaron quengelte, woraufhin Yvonne ihn aus seinem Stuhl heraushob. Er legte seinen Kopf gegen ihre Schulter. »Du kaufst dir selbst die Schuhe und Dessous?«, fragte sie.

»Natürlich nicht. Die Schuhe allein ...« Ich spitzte meine Lippen. Mir gefiel nicht, in welche Richtung sie sich damit bewegte. Allerdings konnte ich ihr nicht einfach eine Ohrfeige dafür verpassen, so wie ich es bei Darren getan hatte.

»Ich werde dich etwas fragen, weil ich dich mag. Du kannst dich darüber aufregen, wenn du willst, aber das solltest du nicht.«

»Ich werde vielleicht nicht darauf antworten.«

»Misshandelt er dich?«

»Nein!«, schrie ich. »Gott, Yvonne, was von dem, das ich dir erzählt habe, lässt dich auf *Misshandlung* schließen?«

Meine Reaktion auf ihre Worte war Beleidigung, nicht auf mich bezogen, sondern auf Jonathan. Sie kannte ihn nicht. Sie wusste nicht, wie wir zusammen waren.

Aber ich konnte nicht erwarten, dass sie sich auf dem gleichen Level der Loyalität befand wie ich. Allerdings überraschte mich das verschlungene Netz der Rage in meiner Brust. War die Rage durch ihre Andeutung ausgelöst wurden, dass Jonathan mich misshandeln könnte? Oder weil ich gerade herausgefunden hatte, dass er einen Ruf hatte?

Yvonne, die nicht sehen konnte, dass meine Neuronen wie ein Maschinengewehr pulsierten, fuhr fort: »Kink ist oftmals eine Verschleierung für Misshandlung und Ausnutzung. Ich weiß, dass es bisher noch nicht der Fall ist. Aber wirst du mich anrufen, falls es unangenehm werden sollte?«

»Nein.« Ich würde nicht nur nicht sie anrufen, ich würde niemanden anrufen. Was Jonathan und ich machten, und wie wir es taten, war Privatsache. Ich fühlte mich bereits bei dem Gedanken unwohl, dass jemand außer uns davon wusste.

»Natürlich wirst du das. Ich weiß genau, wie schnell sich ein netter Kerl in ein Arschloch verwandeln kann. Ich möchte dir nur verständlich machen…« Ihr Gesichtsausdruck veränderte sich, als würde bereits jeder wissen, was sie als nächstes sagen würde. Stattdessen lächelte sie. »Ich bin total eifersüchtig. Falls er dich *nicht* misshandeln sollte, dann könnte ich vielleicht wieder Vertrauen in Männer haben. Das ist alles.«

Ich atmete aus, lang und lungenentleerend, als hätte ich für eine lange Zeit meinen Atem angehalten. Ich hatte mich unfair und unsensibel verhalten. Yvonnes Vergangenheit beinhaltete einen Bruder, der sie unsittlich berührt hatte, und einen Freund, der sie und den gemeinsamen Sohn eingesperrt hatte, sobald er das Haus in Richtung Arbeit verließ. Natürlich hatte sie sich auf Misshandlungen eingestellt, als ich mit Taschen ankam, die vollgepackt mit teurer Kleidung waren, und über einen Mann redeten, der mich fesselte und zu unserer gemeinsamen Befriedigung versohlte. Ich schob ihr meinen Kuchen entgegen. »Iss, bitte. Ich muss schlank bleiben, wenn ich in dem Scheiß gut aussehen will.«

vier

Jonathan

Long Beach war der letzte Ort, an dem ich sein wollte. Der Himmel hatte die Farbe von einer Handvoll Vierteldollarstücken. Ohne die Sonne, die normalerweise die Luft erwärmte, war der Wind, der aus der Richtung des Meeres kam, kalt und hart.

Ich musste mich beeilen. In zwei Stunden hatte ich ein Meeting mit dem stellvertretenden Bürgermeister in Century City. Danach hatte ich ein Date. Ein richtiges Date, bei dem ich einen Anzug tragen und mich benehmen würde.

Am Hafen von Long Beach wartete das *Faulkner Kohlebergwerk* darauf, katalogisiert, verpackt und in ein Lager nach Europa verschifft zu werden. Ich hatte es noch an dem Abend der Eclipse-Show gekauft. Diese Show läuft immer nur eine Woche. Also hatte ich veranlasst, dass in der Minute, in der die Show zu Ende ging, mein Kunsthändler Hank dort mit einem Team aufgetaucht war, um die dazugehörigen Einzelteile einzusammeln. Wainwright war überrascht gewesen, aber der Scheck hatte geholfen. Er war aufgetaucht, als die Show zum Ende kam, und hatte meinen Kunsthändler angesprochen und versucht, mehr Werke zu verkaufen. Verdammter Gauner. War klar, wie er es geschafft hatte, sie ins Bett zu bekommen.

Lil parkte neben der Lagerhalle. Hank kam heraus, um mich zu begrüßen. Er war einsfünfundachtzig groß, in seinen frühen Sechzigern, hatte keine Haare auf dem Kopf und trug einen viertausend Dollar Anzug. Er konnte Schokolade von Scheiße unterscheiden, einen Deal aushandeln, viel Raum bei einer Auktion einnehmen und erkannte sofort, wenn es sich lediglich um Hype, nicht aber um echten Wert handelte. Was allerdings am Wichtigsten war, ist, dass er meinen Geschmack kannte. Aus diesem Grund war er auch wirklich überrascht gewesen, dass ich dieses Kunstwerk wollte.

»*Jaydee*.« Er streckte mir seine Hand entgegen. Er hatte einige große Ringe an den Fingern, trug eine klobige Uhr und seine Stimme schrie nach New York. Er sah eher wie ein Lastwagenfahrer aus als ein Kunsthändler. Aus diesem Grund mochte ich ihn auch. Er überraschte die Leute mit seinem Wissen und der Belesenheit, und bis die Künstler und Agenten realisierten, dass sie es nicht mit einem Hinterwäldler zu tun hatten, hatte ich bereits, was ich wollte.

»Hank.« Wir liefen durch die Lagerhalle. Meine Firmen benutzten die Halle als Lagerplatz für Baumaterial und importierte Lebensmittel. Die Büros für die Menschen, die hier alles verwalteten, befanden sich auch in dieser Lagerhalle.

Hank wedelte abwehrend mit seiner Hand. »Warum zur Hölle hast du dieses Stück Scheiße überhaupt erstanden? Wenn du für etwas dein Geld ausgeben möchtest, dann habe ich ein Mädchen mit einem Studio in Compton. Tränen in deinen Augen. Tränen.«

»Du hast *mich* angerufen. Und zwar nicht, um meinen Geschmack anzuzweifeln, nehme ich an.«

»Ich zweifel deinen Geschmack jeden Tag an.«

»Wirklich? Das hätte ich jetzt nicht gedacht.«

Hank kam vor der Tür zu einem Konferenzraum zum Stehen. »Die Arbeit ist sicherlich gut, keine Frage. Aber ich bin mir nicht sicher, wie viel du davon gesehen hast, bevor du zuviel bezahlt hast, während ich kurz weggeschaut habe.«

»Fast gar nichts.«

»Einfach klasse. Können wir das in Zukunft bitte unterlassen?«

»Ich habe meine Gründe.«

»Na gut«, sagte Hank eindeutig genervt. »Es befindet sich alles hier drin. Die Unterlagen, die Skizzen, Inspirationen, die gesamte Geschichte und Arbeit, die zu der Installation geführt haben. Das hast du dir gekauft, ohne es dir vorher anzusehen.«

»Können wir jetzt reingehen?«

Hank bewegte sich nicht von der Tür weg. »Hör zu, Künstler sind irre. Ich habe noch nie einen kennengelernt, der nicht ein wenig wirr im Kopf war. Vielleicht sind sie als Babys alle von einer tollwütigen Ratte gebissen worden. Aber das, was sich hinter dieser Tür befindet? Ich denke darüber nach, die Polizei anzurufen, damit sie es aufnehmen können. Aber zuerst brauche ich dein Einverständnis.«

»Du hast mich verdammt neugierig gemacht, Hank.«

Er öffnete die Tür. In dem Raum standen ein langer Tisch und schwarze Bürostühle für spontane Meetings mit dem Logistikteam, den Importeuren und Angestellten vom Zoll. Jeder Millimeter war mit Skizzen und kleinen Drei-D-Modellen bedeckt. Einigen ausgeschnittenen Bildern, Collagen, einige davon lagen übereinander, aber alle waren nummeriert, um zu der Nummer im Katalog zugeordnet werden zu können.

»Die interessante Scheiße liegt auf dem Tisch dort, unter der schwarzen Abdeckung«, sagte Hank.

Ich schob die schwarze Pappe zur Seite. Es hatte die Größe eines Platzsets, aber darunter lag etwas versteckt, das größer war.

Die oberste Skizze war mit einem Federkiel angefertigt worden, ein Gekritzel aus vielen verschiedenen Linien, und nur wenn ich mich genau darauf konzentrierte, konnte ich eine Frau ausmachen, deren Kehle durchgeschnitten war und aus deren Wunden ein blutspritzender Penis austrat. Die Frau hatte dunkles Haar. Ich wusste, um wen es sich handelte.

Das nächste Bild im Stapel zeigte sie mit einem gespaltenen Gesicht. Darin befand sich eine Zielscheibe.

Eine Waffe zwischen ihren Beinen. Ein Dutzend Messer fixierten sie an der Wand. Hände würgten sie. Drückten ihre Brüste so fest, dass sie blau waren. Rissen ihre Vagina raus. Es wurde immer schlimmer. Die Dinge, über die er fantasierte, die er ihr antun wollte, waren krank.

»Ist das echtes Blut?«, fragte ich.

»Da kann ich nur raten. Der Katalog sagt ‚verschiedene

Medien'.«

»Vielen Dank, dass du es mir gezeigt hast.«

Hank schob die schwarze Pappe wieder über die Zeichnungen, damit die Gewalt nicht den gesamten Raum vereinnahmte. »Soll ich ihm sagen, wo er sich diese Zeichnungen hinschieben kann?«

»Nein. Ich will, dass du die Bilder zuerst fotografierst. Dann werde ich dir sagen, wann du sie verbrennen kannst.«

»Weißt du, wie viel dich das hier alles kostet?«

»Ja, das weiß ich.«

Er studierte mich für einen Moment. »Du kennst das Mädchen.«

Ich streckte ihm meine Hand entgegen. »Vielen Dank nochmal, Kumpel. Triff Vorbereitungen mit deinem Mädchen aus Compton, wenn du denkst, dass es passt.«

»Das werde ich.«

Auf dem Weg zurück über die 710 konnte ich nicht klar denken, und arbeiten schon gar nicht. Noch nie in meinem Leben hatte es mich dermaßen danach verlangt, jemanden zu verletzen, wie es bei Kevin Wainwright der Fall war. Allein dafür, dass er mir diese Bilder in den Kopf gelegt hatte. Aber er hatte nichts falsch gemacht. Der Zweck seiner Arbeit bestand darin, seine Dämonen auszutreiben. Er konnte für den Inhalt weder rechtlich noch moralisch haftbar gemacht werden. Wenn er auf Monica wütend war, dass sie ihn verlassen hatte, dann hatte er das Recht, sie aufgeschlitzt zu zeichnen, solange ihm das bei der Bewältigung half.

Also konnte ich auch nicht die Polizei benachrichtigen, oder es Monica sagen. Dann müsste ich zugeben, dass ich die Sachen hinter ihrem Rücken erstanden hatte. Davon würde sie nicht sehr viel halten. Noch schlimmer war, dass ich sie damit ohne Grund erschrecken würde. Ich wollte ihr keine Angst machen. Ich wollte, dass sie dieselbe stolze, kleine Göttin blieb, die ich kannte. Ich würde sie von jetzt an einfach besser im Auge behalten müssen; für den Fall, dass es nicht nur Bilder waren.

fünf

Monica

Ich trug neue Dessous. Ein Violett, das so dunkel war, dass es als Schwarz angesehen werden könnte. Darüber trug ich das schwarze Spitzenkleid, das ich bei Nordstrom gekauft hatte. Der Rock fiel bis auf meine Knie und der Spitzenrand endete knapp über dem Saum. Der Ausschnitt war züchtig und die Ärmel bedeckten meine Unterarme. Es war hauteng aber trotzdem sehr bequem und klassisch. Er würde mich überall mit hinnehmen können. Eine Schlampe war ich lediglich unter dem Kleid.

Meine Haare hatte ich geflochten. Ich hatte versucht, es besonders aussehen zu lassen, aber ich hatte einfach nicht Gabbys Talent, und meine Arme schmerzten beim dritten Versuch. Aber ich hatte mein Bestes gegeben. Das machte ich seit dem Tag ihres Todes. Ich trug meine Haare heute als Erinnerung an sie; als wäre es mir möglich, sie zurückzuholen und ihr »Ich liebe dich« ins Ohr zu flüstern.

Ich hatte keine Mitbewohnerin mehr, die an die Tür gehen konnte, als ich das Klopfen hörte. In Momenten wie diesen fühlte ich, wie mich der Schmerz der Einsamkeit überwältigte. Ich rannte aus dem Zimmer und wickelte ein Zopfgummi ums untere Ende des geflochtenen Zopfes. Auch wenn ich wusste, dass es sich um Jonathan handelte, musste ich zuerst aus dem Fenster sehen, um sicherzugehen. Er lehnte gegen eine Ecke der Veranda und sah auf den Bereich darunter. Über seinem Anzug und der Krawatte trug er eine braune Lederjacke, und sein Gesichtsausdruck war todernst.

»Siehst du etwas, das dir gefällt?«, fragte ich, als ich die Tür öffnete.

»Dein Fundament rutscht ab.«

»Ist dir der Hügel aufgefallen? Schon einmal von Schwerkraft gehört? Und wie diese beiden Faktoren zusammenwirken?«

Er warf mir einen kurzen Blick zu, ohne seinen Körper zu bewegen. Verdammt, er war wirklich atemberaubend. »Ich kann jemanden besorgen, der das in Ordnung bringt. Ich bin ein Projektentwickler, weißt du. Ich kenne die richtigen Jungs für den Job.«

Ich lief zu ihm und legte meine Hände auf seinen Rücken. Er sah sich das Fundament mit einem kritischen Blick an, als würde er gerade Kalkulationen in seinem Kopf vornehmen. Wieder sah er mich an, woraufhin ich meine Finger in seinen Haaren vergrub. Für einen Moment verweilten wir in dieser Position, während ich seinen Anblick in mich aufnahm.

»Du bist wunderschön«, sagte ich.

»Das wollte ich auch gerade sagen.« Er drehte sich zu mir und lehnte sich mit gespreizten Beinen gegen das Geländer. Ich nutzte diese Öffnung und trat dazwischen. Er ließ seine Hände über meine Schenkel gleiten, nach oben, an dem Saum meines Kleides vorbei. Meine Haut brannte bei seiner Berührung. Als er am oberen Ende meiner Seidenstrümpfe ankam, legte er seine Hand unter meinen Hintern und streichelte mich sanft.

Ich lehnte mich vor, bis meine Nase seine berührte, und keuchte, als er mich sanft zwischen den Beinen streichelte. »Jonathan«, flüsterte ich, »Was machst du da?«

»Ich möchte lediglich in Erfahrung bringen, mit wie vielen Barrieren ich es hier zu tun habe.«

»Schiebst du deine Hand beim ersten Date immer unter den Rock eines Mädchens?«

Er streichelte die Innenseite meiner Schenkel, seine Berührung noch immer sanft. »Ich habe mich seit neun Jahren nicht mehr um ein Date bemüht.« Er neigte seinen Kopf, und seine Lippen trafen auf meine. Ich legte meine Hände in seinen Nacken und küsste ihn. Seine Zungenspitze fand meine, und unsere Münder verschmolzen, bis ich nur noch durch Hitze und Lust zu definieren war.

»Ich hasse es, das hier abbrechen zu müssen«, sagte er, »aber wir haben heute einem strengen Zeitplan einzuhalten.«

Ich stöhnte. Ich hatte keine Ahnung, wie ich das Abendessen überstehen sollte.

»Außerdem musst du dir ein anderes Outfit holen«, sagte er. »Eine Jeans und eine Jacke.«

»Warum?«

»Kannst du einem Mann bitte erlauben, dich zu überraschen?« Er gab mir einen Klaps auf den Arsch und zeigte dann auf die Eingangstür. »Geh.«

Ich suchte mit einem Lächeln auf meinen Lippen Kleidung zusammen, stopfte sie in eine Tasche und rannte dann wieder raus auf die Veranda, während ich das köstliche Brennen des Klapses auf dem Hintern spürte. Er hatte den Jaguar in meiner Einfahrt geparkt, gleich hinter meinem kleinen, schwarzen Honda. Er öffnete die Beifahrertür für mich und schloss sie wieder, sobald ich eingestiegen war. Als er über die 101 fuhr, legte ich meine Hand auf seine und streichelte ihn.

»Musst du morgen arbeiten?«, fragte er. »Denn ich habe den Tag frei.«

»Arbeit, dann *Frontage*.«

»Ohne deine Partnerin?«, fragte er, dann machte er eine Bewegung mit seiner Hand. »Sorry. Offensichtlich.«

»Yeah. Ich wollte sie bei dieser Sache dabei haben, genauso wie die Jungs. Aber, Scheiße, ich vermisse sie.«

»Welche Jungs und welche Sache?«

»Ich arbeite mit Darren und Kevin zusammen.«

Das Auto schwenkte so weit nach rechts, dass er fast einen Unfall gebaut hätte. Eine Hupe war zu hören und ein Mittelfinger erhoben. Jonathan entschuldigte sich mit einer Handbewegung. »Du wolltest sagen?«, fragte er.

»Verursache keinen Unfall.« Er nahm die Ausfahrt und fuhr auf dem Los Feliz Boulevard weiter. »Wohin fahren wir?«, fragte ich.

»Ein kleiner Ort in den Hills.« Er bog bei Griffith Park ein.

»Du bringst mich nicht nur zu deinem Haus, oder?«

»Nein, nicht *nur* zu meinem Haus. Ich habe Dinge geplant, und die schließen mein Anwesen mit ein. Jedenfalls für den ersten Teil meines Plans.« Er betrachtete mich kurz. »Ich habe kein Date vorgeschlagen, damit ich dich zurück in mein Schlafzimmer bringen und an mein Bett fesseln kann.«

»Werden wir uns das Spiel in deinem Bett ansehen?«

»Nein.«

»Verdammt. Brad Chance wirft heute.«

»Warum sollten wir uns überhaupt noch die Mühe machen? Er wird seinen Screwball zu sehr beanspruchen und den Ellbogen bereits beim dritten Inning überlastet haben.«

»Es ist amüsant, die Spieler dabei zu beobachten, wie sie bei ihm schlagen. Vor allem Den Adler. Er fällt dabei immer fast vornüber«, kicherte ich.

»Also«, sagte er bestimmt und hielt an einer Ampel an, »du bist dem Thema mit der *Sache* für genau drei Minuten aus dem Weg gegangen, und bisher habe ich mich zusammengerissen.«

Ich legte meine Hände auf die Knie. »Kevin hat mich gefragt, ob ich Interesse hätte, bei einem Projekt mit ihm zusammenzuarbeiten, das für das B.C. Modern gedacht ist. Wir haben dafür nicht sehr viel Zeit. Ich habe Darren und Gabby mit reingebracht.« Die Ampel schaltete sich auf grün um, woraufhin ich von dem Gewicht seines Blicks befreit wurde.

»Warum?«, fragte er.

»Weil sie meine Familie sind und ich es mag, mit ihnen zusammenzuarbeiten.«

»Nicht, damit sie als Puffer zwischen dir und Kevin herhalten können?«

»Nein.« Ich war mir nicht sicher, ob ich ihn oder mich selbst anlog.

Er fuhr auf eine breite Fläche an der Seite der Straße und parkte. Dann sah er mich wieder an. »Warum hast du zugesagt, mit ihm zu arbeiten, nach dem was er auf der Eclipse-Show getan hat?«

Mehrere Schichten von Emotionen zeigten sich auf seinem Gesicht. Bei der oberen handelte es sich um eine kühle Ruhe, um ein Verstehen, das an elterlich grenzte. Darunter befand sich etwas Wilderes, aber trotzdem fokussiert und kraftvoll, das sich an die Oberfläche kämpfte. Ich atmete nervös ein. Er war angepisst, und das hatte ich an ihm zuvor noch nie gesehen. Ich bekam Gänsehaut auf meinen Armen, und ich rubbelte meine Daumen gegen meine Zeigefinger. Ich fragte mich, ob er das Pochen meines Herzens hören konnte.

»Musik in der B.C. Modern zu haben, könnte meine Karriere vorantreiben. Jeder wird es hören. Jeder wird es rezensieren. Es fühlte sich an, als hätte mir jemand ein Geschenk überreicht, und wenn ich abgelehnt hätte, hätte ich das für den Rest meines Lebens bereut.«

»Deine Ambitionen überwiegen deinen gesunden Menschenverstand.«

Ich versuchte, seiner Wut gleichzukommen, stattdessen fühlte ich mich schwach und ungerecht behandelt. »Wir waren uns doch einig, dass meine Arbeit meine Arbeit ist. Das hat sich nicht geändert.« Ich hielt seinem Blick stand, auch wenn das Gewicht auf mir lastete. Er mochte Kevin nicht. Das wusste ich. Aber ich würde das Recht, mein Leben so zu leben, wie ich das wollte, nicht aufgeben.

»Alles hat sich verändert, Monica.«

»Das nicht.«

Mit diesen Worten fühlte ich, wie zwei willensstarke Persönlichkeiten aufeinanderprallten. Hart, direkt, schweigend. Nichts bewegte sich. Dazwischen entstand keine Reibung. Seine Hände umklammerten das Lenkrad mit aller Kraft und meine waren zu Fäusten geballt. Ich konnte es nicht ertragen. Ich berührte seine Hand.

Er packte mich im Nacken und zog mein Gesicht zu seinem, ertränkte mich in einem Kuss, der so hart und heiß war, dass ich fast vergessen hätte, was ich in seinem Gesichtsausdruck wahrgenommen hatte. Was hatte er in meinem gesehen? Dass mein Herz gebrochen werden konnte? Dass ich mich in ihn verliebte, und falls ich versuchte, dies zu stoppen, mich die Kraft dahinter entzweien würde? Ich lehnte mich zurück.

Ich sagte: »Ich weiß, dass du Kevin nicht magst.«

»Untertreibung des Jahres.«

»Er ist harmlos. Und ich bin vertrauenswürdig.«

»Den letzten Punkt glaube ich dir. Aber Männer kennen andere Männer.« Er streichelte meine Wange. »Kannst du dafür sorgen, dass du nicht mit ihm allein bist? Kannst du mir das versprechen?«

Da erwartete er eine Menge von mir. Darren war involviert, aber wer konnte schon sagen, in welchen Situationen ich mich wiederfinden würde? Ich bedeckte seine Hand mit meiner. Er brauchte von mir, dass ich mich ernsthaft bemühte. Das konnte ich ihm geben. »Ja.«

»Ich danke dir.« Er küsste mich und lenkte dann wieder auf den Los Feliz Boulevard ein. Den Rest des Weges bestritten wir Händchen haltend und im Schweigen. Was für Wut sich auch immer in seinem Gesicht angesammelt hatte, wurde jetzt zur Seite gedrückt. Er bog in seine Einfahrt ein, und das Tor schloss sich mit einem metallischen Klicken hinter uns. Er lief ums Auto und öffnete meine Tür. Bisher hatte ich sein Haus noch nie im Tageslicht betrachten können. Noch nie hatte ich die Holzarbeiten im Art-déco-Stil an den Fenstern oder die Details der Dachschindeln bewundern können. Er umfasste meine Hand und zog mich zur Veranda hoch. Die Eingangstür stand offen. Er ging hinein und erwartete, dass ich ihm folgen würde. Aber ich stoppte an der Türschwelle.

»Was ist?«, fragte er. »Hat es dir die Sprache verschlagen?«

»Ich habe dein Haus noch nie mit Kleidung an meinem Körper betreten.«

»Ahh. Na ja, es gibt für alles ein erstes Mal.« Er zog an meiner Hand, bis ich die Schwelle zu seinem Haus übertreten hatte. Das Wohnzimmer sah aus wie immer, aber dieses Mal wurde es vom Sonnenlicht durchflutet. Falls es möglich wäre, dass der Raum noch freundlicher, noch einladender aussehen könnte, dann wüsste ich nicht, wie man das bewerkstelligen sollte. Jonathan sah mich an, und das Sonnenlicht prallte von seinen Wimpern ab, als er mich durch die Räume und in den Garten zog.

Der Pool war riesig, bohnenförmig, und im Zentrum des Gartens gelegen. Nah am Haus befand sich ein Blumengarten, der durch Gehwegplatten unterteilt wurde und vom Haupthaus bis zum Poolhaus führte. Kleine, gemütliche Ecken mit Bänken definierten den Bereich an der rechten Hecke. Auf der linken Seite öffneten sich wandhohe Schiebetüren aus Glas, die in den Salon führten, in dem ich bereits einmal Tee getrunken hatte.

Aling Mira kam in einem züchtigen, schwarzen Damenanzug auf uns zu. Sie trug ein Tablett mit Weißweingläsern.

»Hi«, sagte ich, als ich mir ein Glas nahm. Sie nickte und lief dann zu einem kleinen Tisch, der für zwei vorbereitet worden war. Ein Mann mittleren Alters zündete die letzte Kerze auf einer der Gehwegplatten an, bevor er sich um die zwei Kerzen auf dem Tisch kümmerte. »Du hast einen tollen Garten«, sagte ich zu Jonathan.

»Komm, geh ein Stück mit mir.« Er hielt mir seinen Arm hin und ich akzeptierte ihn. Wir liefen auf dem Pfad, der durch Kerzen erleuchtet wurde, in Richtung des Pools. »Aling Mira hat uns eine philippinische Spezialität namens Kare-Kare gekocht. Die Zutat ist – «

»Ochsenschwanzeintopf?«

»Du hast es schon einmal gegessen?«

»Ich lebe in Los Angeles.«

Er lächelte und drückte meine Hand. »Sie hat gesehen, dass du in meinem Zimmer geschlafen hast. Also ist sie von dir sehr beindruckt.«

»Wie lange arbeitet sie bereits für dich?«

»Schon seit einer sehr, sehr langen Zeit. Sie hat alles gesehen. Sie will, dass ich glücklich bin, genauso wie es meine eigene Mutter möchte. Na ja, vielleicht wie eine Tante.«

Wir spazierten um den Pool herum, während die Angestellten das Abendessen auftischten. Die Sonne ging schnell unter, wodurch die Kerzen, die die Pfade erleuchteten, besser zum Vorschein kamen, sobald sich der Himmel verdunkelte.

»Du hast hier mit deiner Frau gelebt?«

»Ja. Warum?«

»Das Bett?« Ich verzog mein Gesicht zu einer Grimasse. »War es ...?«

Er lachte. »Neues Bett, keine Bange. Du bist die einzige Frau, die jemals in diesem Bett lag.«

»Ich fühle mich wie eine Wegbereiterin.«

»Du hast den Weg für einige Dinge geebnet.«

»Zum Beispiel?« Ich drehte mich, um ihn anzusehen.

»Zu diesem Date?«

»Und?«

»Dass ich dich in der L.A. Mod an meinem Arm hatte.«

»Und?«

»Dass ich mich um dich kümmern möchte. Dass ich dich immer und immer wieder sehen möchte. Und dass ich dich nach meinen Vorstellungen anziehe.«

»Du sorgst gerade dafür, dass ich mich sehr, sehr gut fühle.« Ich küsste ihn sanft und atmete diesen ledrigen Sägemehlduft ein, der seiner Wahl und nicht der seiner Frau entsprach. »Darüber, dass du mich einkleiden möchtest, müssen wir aber reden.«

Er legte seinen Arm um meine Taille und zog mich an sich heran. »Ja?«

»Ich fühle mich unwohl dabei, wenn du mir teure Sachen kaufst.«

Er küsste meinen Kiefer und Hals, als würde er mein Unwohlsein widerlegen und es in Hitze verwandeln wollen. »Aber der Diamant war okay?«

Ich spitzte meine Lippen. »Nein, das war er nicht. Aber bevor ich darüber nachdenken konnte, passierte so einiges. Also hast du es geschafft, diese eine Sache einzuschmuggeln. Achte darauf, dass es nicht noch einmal passiert.«

Er kam mit seinen Lippen näher an mein Ohr und sagte: »Ich habe ein Klavier. Ein Steinway. Würdest du nach dem Abendessen für mich darauf spielen?«

Ich küsste ihn und flüsterte: »Es wäre mir ein Vergnügen.«

»Und du würdest für mich singen?«

»Ja.« Ich ließ meine Lippen über seine Wange gleiten, lauschte seinen Atemzügen und fühlte seine Hände auf meiner Hüfte. Die Idee, für ihn Musik zu machen, fühlte sich so intim, so erregend an, dass ich nicht wusste, wie ich das Abendessen durchstehen sollte.

»Als wir uns kennengelernt haben, hast du gesagt, dass du das nicht machen würdest«, sagte er.

»Die Dinge haben sich geändert.«

»Also nimmst du dieses Talent, das dir angeboren ist, und benutzt es als einen Ausdruck für deine Gefühle für mich?«

Ich lehnte mich zurück. »Clever eingefädelt.«

»Dagegen ist Geld ein abgestumpftes Werkzeug, um Empfindungen auszudrücken. Im Vergleich zu Kunst ist es vulgär, da stimme ich zu. Aber es ist alles, was ich habe. Ich möchte, dass du es akzeptierst. Das würde mich glücklich machen.«

Ich wusste nicht, wie ich argumentieren sollte, ohne die Gaben, mit denen er geboren worden war, hässlich und unbedeutend erscheinen zu lassen, während meine wertvoll genug waren, sie ihm zu geben. Ich saß in der Falle. »Da hast du mich erwischt«, sagte ich.

Er verbeugte sich. »Kapitän des Debattierclubs an der Loyola.«

»Ah, eine gute jesuitische Ausbildung«, sagte ich und lief dann davon. »Ich denke, jetzt kann ich meine neue Unterwäsche tragen, ohne mich schuldig zu fühlen.«

Er packte meine Hand und zog mich zu sich zurück. »Du hast mir erzählt, dass du katholisch bist, also musst auch du irgendwo Schuld vergraben haben.«

»Nur bis zur achten Klasse. Ich habe ,Unbezwungen‘ bei einer Abschlussaufführung aufgeführt und mir damit die Flucht aus der parochialen Schule verdient. Ich bin dem Los Angeles Unified Schuldistrikt ohne die geringste Schuld beigetreten.«

Er nahm mich in seine Arme und küsste mich. »Ein Klassiker. Wir haben das Gedicht in der sechsten behandelt. In der achten kam Kiplings ,Wenn‘ an die Reihe.«

»Oh, das ist ein langes Gedicht.«

»Ich musste es mit *Gefühl* vortragen.«

Ich lächelte. »Ja, ich auch. Ich erinnere mich noch an ‚Unbezwungen‘. Lass mich nachdenken: *‚Aus dieser Nacht, die mich umhüllt, von Pol zu Pol schwarz wie das Grab –‘*«

Er vollendete die Strophe. »*‚Dank ich welch immer Gottes Bild, die unbezwung‘ne Seele mir gab.‘* « Er packte nach meinem geflochtenen Zopf, zog an meinen Haaren, als er sich mit dem Mund meinen Lippen näherte. Er war so süß. Seine Küsse waren hart und leidenschaftlich, ein kontrollierter Mangel an Zurückhaltung in jeder Bewegung seiner Zunge, jedem Griff seiner Finger. Ich drückte mich gegen ihn, fühlte, wie sich seine Erektion an mich presste. Er zog sich zurück, als er hörte, wie sich jemand räusperte.

Aling Mira stand hinter mir. »Die Unterbrechung tut mir leid. Sie haben gesagt, dass ich es Sie wissen lassen soll, sobald das Abendessen fertig ist.«

»Vielen Dank«, sagte Jonathan. Er rasselte etwas in Tagalog herunter. Aling Mira nickte uns beiden zu und ging dann zu dem Mann im mittleren Alter zurück, der in dem abgeschotteten Bereich stand.

»Was hast du gesagt?«, fragte ich.

»Ich habe mich bedankt und ihr dann den Rest des Abends freigegeben.« Er legte seine Hand auf meinen Rücken. »Ich bin sehr wohl in der Lage, dir Eintopf zu servieren. Außerdem würde mir das gefallen.«

Wir spazierten langsam zu einem gedeckten Tisch mit Silber und Porzellan. Auf einem extra Tisch war der Eintopf in einer silbernen Servierschüssel aufgebaut worden. Aling Mira und der Mann gingen zu einem Hintereingang.

»Wer ist dieser Mann?«

»Ihr Ehemann, Danilo. Sie leben im Hinterhaus.«

Das Metalltor klickte hinter ihnen zu, und wir blieben im Garten allein zurück. Jonathan zog einen Stuhl für mich heraus. Ich stellte mich davor, zwischen ihn und den Tisch. Ich war bereit, mich hinzusetzen, aber ich wollte einen weiteren Kuss. Ich hob ihm meinen Kopf entgegen, bis sein Atem auf mein Gesicht fiel, und öffnete meine Lippen.

Er streckte seine Hände nach mir aus, und ich nahm an, dass er seine Arme um meine Taille legen würde. Stattdessen presste er seine Lippen auf meine und lehnte sich gegen mich. Mit einer geschmeidigen Bewegung seines Armes zog er an der Tischdecke, wodurch er das Geschirr vom Tisch zerrte. Es zerbrach auf dem Boden. Er presste sein Gewicht nach vorn, warf noch mehr Teller nach unten, bis er mich auf den Tisch drückte.

Ich öffnete meine Beine, schlang sie um ihn herum, als wir uns küssten. Mein Kleid rutschte zu meiner Hüfte hoch. Ich presste mich gegen ihn. Sein Schwanz war hart, wie eine angespannte Faust, die gegen mich gedrückt wurde. Er stöhnte in meinen Mund, bevor er seinen steinharten Schwanz wieder an mir rieb. Er berührte mich unter dem Strumpfbandgürtel, packte danach mit seinen Fingern.

»Ich will, dass du das immer trägst. Unter einer Jeans. Im Bett, wenn ich nicht da bin. Ich werde dir mehr kaufen. Du kannst sein wer du willst, wenn wir nicht zusammen sind, aber unter deiner Kleidung wird dich das daran erinnern, dass du mir gehörst. Verstanden?«

»Ja.«

Er öffnete seine Hose. Ein Schauder glitt meine Wirbelsäule hoch, als ich dabei zusah, wie er seinen Schwanz befreite. Mein Höschen war nur noch ein feuchter Streifen zwischen meinen Beinen, und er schob es zur Seite, handhabte mich grob. Seine Fingerspitzen tasteten nach meinem durchtränkten Eingang. Zwei Finger stieß er in mich hinein. Ich schrie vor Lust und spreizte meine Beine noch weiter, wodurch ich eine Schüssel vom Tisch kickte, die auf dem Boden zerbrach.

»Du bist bereit«, knurrte er, ließ seine Finger aus mir herausgleiten, nur um erneut in mich einzudringen. Er glitt mit seinen Fingern über die vordere Wand meine Höhle, bis ich einen Schauder durch meinen Körper jagen spürte, den ich so bisher noch nie erlebt hatte. Er presste, streichelte, schnellte mit seinem Finger über eine harte Erhebung von Nerven in mir, während er seinen Handballen auf meine Klitoris presste. Ich wurde schwach, als sich die Lust in mir ausbreitete.

»Willst du es?«, fragte er.

»Ja, Jonathan. Bitte, fick mich.« Er entfernte seine Finger und drang mit einem Stoß in mich ein. »Oh Gott«, sagte ich. Es war mir nicht möglich, noch einen klaren Gedanken zu fassen.

Er bewegte sich über mir. Jeder seiner Stöße traf den richtigen Punkt, brachte mir Befriedigung. Er schob Finger in meinen Mund, und ich saugte an ihnen. Ich konnte mich selbst schmecken. Sein Schwanz spreizte mich, rieb über meine Klitoris, über das obere Ende meiner Öffnung, und schickte Schockwellen durch meinen Körper, als seine Stöße einen Rhythmus fanden. Er entfernte seine Finger und hob mein Bein auf seine Schulter. Er schob sich so tief in mich hinein, dass ich aufschrie. Ich erwiderte seine Bewegungen, wollte ihn in mir spüren. Ich stand kurz davor, und als würde er es spüren können, verlangsamte er sein Tempo.

»Nicht so schnell, kleine Göttin.«

»Ich kann nicht länger warten. Ich komme gleich.«

»Nein, warte.«

»Das kann ich nicht.« Ich war verzweifelt, stand am Abhang einer Klippe, ein Seil mit einem Gewicht an meinem Fußknöchel befestigt. Das Gewicht kippte über den Rand des Abgrunds, und ich würde ihm auf dem Weg nach unten folgen.

»‚Unbezwungen.‘ Zweite Strophe, Monica.« Er lehnte sich vor, während er noch immer seine Hüften bewegte. »Tu es. ‚Trotz Pein, die mir das Leben war…‘ Langsam und mit Gefühl, sonst fängst du von vorne an.« Seine Stimme war wie ein Leuchtfeuer der Kontrolle und des Verstandes, in dem Chaos seiner Stöße, jeder Zentimeter eine brennende Lunte zu einer Explosion.

»Das soll wohl ein Witz sein«, keuchte ich. »Ich kann ‚Unbezwungen‘ jetzt nicht aufsagen.«

Er lehnte sich vor und saugte meinen Nippel in den Mund, hinterließ einen Speichelpfad, als er seinen Kopf hob, um zu sagen: »Tu es.«

Oh, Gott, wie konnte er von mir erwarten, dass ich mich jetzt an die achte Klasse erinnerte, während ich auf einem Tisch gefickt wurde. Ich musste durch den näherkommenden Druck starren, der meinen Orgasmus ankündigte, ihn zurückhalten, um mich erinnern zu können. »,*Trotz Pein, die mir das Leben war, habt ihr nie zucken, schrein mich sehn. Des Schicksals Knüppel traf mich hart.*‘ Oh Scheiße, Jonathan…«

Er fixierte meine Hände über meinem Kopf und trug den Anfang der nächsten Zeile vor. »,*Mein blut'ger Kopf...*‘ Und langsam, Baby.« Seine Stöße wurden schneller, tiefer, entschlossener.

Ich fuhr fort: »,*Blieb aufrecht stehn. Ob zornerfüllt, ob tränenreich, ob Jenseitsschrecken schon begann, das Grauen meines Alters soll…*‘«

»Ah, Monica. Mach. Bring es zu Ende.« Sein Gesicht war rot vor Anstrengung. Auch er wollte kommen, und dies, zusammen mit seinen versengenden Stößen, schickte das Gewicht über die Kante.

»,*Mich furchtlos finden, jetzt und dann*‘«, schrie ich dem Himmel entgegen. Er bewegte sich zu dem Rhythmus des Gedichts, als ich fortfuhr, während das Gewicht in der Ferne kleiner und kleiner wurde. »,*Was kümmert's, dass der Himmel fern und dass von Straf' mein Buch erzähl.*‘«

Er beendete die letzte Strophe mit mir zusammen. »,*Ich bin der Meister von meinem Stern, ich bin der Kapitän meiner Seel.*‘«

»Ja, Monica.«

»Ja!«

Ich wurde zuerst über die Klippe gezerrt. Ich schrie seinen Namen, als ich in den Abgrund von Dunkelheit und zuckenden Lichtern fiel. Ich spannte meine Beine um ihn herum an. Meine Arme wollten sich wehren, aber er hielt sie in einem festen Griff, als ich explodierte, als sich die Wände meines Geschlechts um ihn zusammenzogen, pulsierten, um ihn tiefer zu ziehen. Der Orgasmus kam von tief in mir drin, kroch meine Wirbelsäule hinauf und meine Schenkel hinunter. Ich verlor mich in dem Gefühl.

Ich hörte, wie er ächzte, meilenweit entfernt, bevor sich das

Stöhnen zu einem Knurren der Befriedigung umwandelte. Ich keuchte, als er sich über mir anspannte und die Wurzel seines Schwanzes pulsierte, als er kam. Er schloss fest seine Augen und die Arme beugten sich, als er von meinen Handgelenken abließ und auf mich fiel.

Zusammen zuckten wir, erschöpft, während wir noch immer im Rhythmus des Gedichts atmeten.

sechs

Jonathan

Ich konnte zugeben, dass ich viel Sex bekam. Oftmals ging es in die »wilde« Richtung. Auch konnte ich zugeben, dass ich Erinnerungen hatte, die die Fantasien der meisten Männer in den Schatten stellten. Ich hatte viele wunderschöne Frauen in meinem Bett gehabt, die genau das gemacht hatten, was ich ihnen gesagt hatte, und diese Kontrolle hatte uns beide zur Erlösung gebracht. Aber das hier? Diese Art des Fickens brauchte eine neue Definition.

»Jonathan?«, flüsterte sie unter mir. Dass sie meinen Namen aussprach, brachte mich wieder in die Realität. Ich entfernte mein Gesicht von ihrem Hals und küsste sie aufs Schlüsselbein.

»Monica.«

»Ist alles okay?«

»Nein«, sagte ich.

»Wirklich nicht?«

Ich berührte ihre Nase mit meiner. »War nur ein Witz.« Meine Bewegungen führten dazu, dass mein Schwanz aus ihr herausglitt.

»Ah«, stöhnte sie, als würde sie ihn bereits vermissen. »Ich sollte kurz ins Badezimmer gehen.«

»Ich werde unser Abendessen in der Küche wieder aufbauen.«

Sie lächelte, und meine Welt entflammte. »Lass uns dieses Mal auch essen.«

Ich stieg von ihr herunter und sie setzte sich auf. Ihre Haare fielen aus ihrem Zopf und der Saum des Kleides befand sich auf der Höhe ihrer Hüfte. Ein Schuh war von ihrem Fuß gerutscht. Ich fand ihn und zog ihn ihr wieder an, bevor ich ihr vom Tisch half.

»Danke«, sagte sie.

»War mir ein Vergnügen.« Ich küsste sie, weil ich keine Wahl hatte. Als sie in die Richtung des Hauses lief, berührte ich sie im Nacken, als müsste ich sie noch für eine Sekunde länger an mich binden. Ich brachte die Sachen, die auf dem kleinen Tisch standen, ins Haus und deckte den Tisch. Ich hatte eine Handvoll Besteck und hielt inne.

Gabel auf die linke Seite, Löffel oben.

Oder gehörte er auf die rechte Seite, wenn es ein Suppenlöffel war?

Falls ihr auffallen sollte, dass ich einen Fehler gemacht hatte, würde sie mich necken. Das würde mir so sehr zusagen, dass ich sie erneut auf den Tisch werfen würde, was ich allerdings nicht wollte. Wir hatten nicht die ganze Nacht, und ich wollte mit ihr ein Essen teilen. Ich legte die Löffel rechts hin und stellte die Suppenterrine zwischen die Schüsseln.

Ich mochte sie. Sie war großartig. Außergewöhnlich. Hinreißend und intelligent. All diese Worte wurden ihr nicht gerecht. Meine Abneigung den Wörtern gegenüber war alarmierend, denn sie waren nicht gut genug. Ich verlor die Kontrolle, und ich musste herausfinden, warum.

Der Verzicht auf ein Kondom spielte auf jeden Fall eine Rolle, aber nur eine kleine. Die Tatsache, dass wir uns bereits in einem Stadium befanden, in dem wir Haut an Haut agierten, sprach Bände. Auch ihr Aussehen war von Bedeutung. Sie war wunderschön, aber eigentlich nicht mein Typ. Normalerweise bevorzugte ich Blondinen, also konnte es daran nicht liegen. Die Nacht, in der sie im *Frontage* gesungen hatte, hatte auch ihren Teil beigetragen. Allerdings hatte ich seit Jessica auch schon andere Künstler gefickt. Monica war ehrlich, echt und ehrenhaft. Das waren Eigenschaften, die ich nicht oft zu sehen bekam. Sie hatte sich diese Worte verdient, aber Qualitäten wie diese verführten weder den Verstand, noch beruhigten sie das Herz, so wie sie das vollbrachte.

Ich hatte vergessen, wo die Servietten waren. Scheiße. Wo war Aling Mira, wenn man sie brauchte?

Das Problem mit Monica war offensichtlich, aber ich würde mir nicht erlauben, bestimmte Wörter zu äußern, nicht einmal in meinem Kopf. Bestimmte Versprechungen und Gefühle waren schlichtweg unerreichbar, und so musste es auch bleiben. Ich hatte meine Ex-Frau zurückgewiesen, aber die Leidenschaft, die sie weggeworfen hatte, war tot. Das bereute ich, trauerte dem Verlust nach, denn wenn irgendjemand wahre, tiefgründige Gefühle verdiente, dann war das Monica.

Ein ehrenhafter Mann hätte sie gehen lassen, bevor sie sich verliebt hätte. Er hätte den kleineren Schmerz dem größeren, der später folgen würde, vorgezogen. Aber ich war nicht so ehrenhaft. In letzte Zeit wollte ich sie mehr als alles, und ich würde sie haben, bis sie es nicht mehr länger ertragen könnte.

Ich fühlte mich wie ein Tier.

Ich hörte, wie sie den Flur in diesen billigen, sexy Schuhen entlangklickte. Als sie in die Küche kam, seufzte ich. Ihre Haare waren offen, abgesehen von einem dünnen, geflochtenen Zopf an der Seite ihres Kopfes. Sie wirkte gefasst, aber sah auch aus, als hätte sie gerade jemand bis zur Besinnungslosigkeit gefickt. Ich hielt ihr meine Hand entgegen und sie akzeptierte diese.

»Ich bin am verhungern«, sagte sie.

Ich zog ihr den Stuhl zurecht. Sie sah sich das Tischgedeck an, sagte aber nichts. Stattdessen neigte sie ihren Kopf, um zu sehen, was sich in der Suppenterrine befand. Warum hatte ich angenommen, dass es ihr wichtig wäre, wo die Suppenlöffel lagen? Sie verunsicherte mich bei den einfachsten Dingen.

Sie setzte sich hin. »Das sieht gut aus.«

Ich servierte ihr Eintopf, und dann mir. Sie legte sich eine Serviette über ihren Schoß und wartete, bis ich mich hingesetzt hatte, bevor sie einen Löffel in ihre Schüssel tauchte und pustete.

»Tut mir leid. Es ist wahrscheinlich bereits recht kalt«, sagte ich.

»Ohh, gut, sie hat Bananenblüten benutzt.« Sie zeigte mit ihrem Löffel auf eine weitere, kleinere Schüssel. »Ist das Pinakbet?«

»Ja.« Ich stach mit einer Gabel in eine Okra und hielt sie ihr vor die Lippen. Sie öffnete diese, erlaubte der Gabel, in ihren Mund einzudringen. Ich zog sie zurück, und ihre Zähne berührten kaum die Silberzinken.

»Das ist lecker«, sagte sie kauend.

»Warst du schon einmal auf den Philippinen?«, fragte ich.

Sie grinste. »Ich war in Mexico.«

»Nicht weiter weg?« Wieder führte ich eine Gabel gefüllt mit Pinakbet zu ihren Lippen.

»Nein.« Sie akzeptierte das Essen, das ich ihr anbot.

Ich schenkte uns Wein ein. »Das überrascht mich. Du wirkst weitaus … weltgewandter.«

Sie zuckte mit den Schultern. Ich bemerkte die erröteten Ohren. »Ich bin nicht behütet aufgewachsen. Es gibt genug Möglichkeiten, um in einem fünfzig Kilometer Radius auf Ärger zu stoßen.«

»Erzähl.« Sie zuckte mit ihren Achseln und nahm einen Löffel voll Eintopf. »Komm schon«, sagte ich. »Lass uns einen Deal machen. Ich werde dir etwas erzählen, das dich die Flucht ergreifen lassen wird, wenn du mir erzählst, wie man in Los Angeles Ärger bekommt.« Wenn ich mir allerdings die Art und Weise ansah, wie sie mich beobachtete, brachte mich das auf den Gedanken, dass sie mehr vorhatte als den harmlosen Austausch von Informationen. Ihr war eindeutig nicht die Tiefe und Breite der Geschichten bewusst, die ich ihr erzählen könnte, ohne dass ich die Dinge erwähnte, die ich sie nicht wissen lassen wollte.

»Deal«, sagte sie.

»Ladies first.«

Sie nahm einen Schluck von ihrem Wein und setzte sich aufrechter hin, als würde sie mich dazu herausfordern, weniger von ihr zu denken. Dann schluckte sie ein wenig zu schwer, wodurch mir klar wurde, dass sie tief drin tatsächlich Angst hatte, dass dies der Fall sein könnte. Ich versuchte gleichgültig zu wirken, aber ich war nervös.

»Einmal…«, sagte sie, stoppte aber dann.

»Weiter.«

»Habe ich mir Heroin gespritzt.«

Ich versuchte, mich an dem Wein nicht zu verschlucken. »Wie war es?«

»Unglaublich.«

»Wirklich? Nur dieses eine Mal? Bekomme ich nicht die ganze Geschichte? Nur sechs Wörter und ein Adjektiv?«

»Ich schätze deine Reaktion ab.«

»Ich war auf Privatschulen. Meine Freunde haben Dealer und die Hersteller finanziert, um ihren eigenen Produktionsfluss zu sichern. Also«, ich schenkte mehr Wein ein. »Wie ist es dazu gekommen, dass ein wunderschönes, katholisches Mädchen mit einer Nadel im Arm endete?«

»Ich wurde seitdem getestet, weißt du. Ich bin sauber.«

Ich sagte kein weiteres Wort. Ich hielt ihr mehr Pinakbet hin, das sie akzeptierte. Ich würde sie füttern, bis sie mir diesen kleinen Abgrund in ihrem Leben berichten würde.

»Ok, gut.« Sie schluckte. »Es war wie das Kernstück eines Lachens. Du weißt schon, dieses herannahend gute Gefühl in dir, bevor das Lachen aus dir herausbricht? Aber das Lachen stellt die Erlösung von diesem Gefühl dar, und wenn du fertig bist mit dem Lachen, verschwindet das Gefühl. Ohne das Lachen und die Erlösung wurde es überwältigend. Es fing irgendwie in meinem Herzen an und arbeitete sich wie eine Supernova nach außen, wo es dann auch blieb. Stell dir das Gefühl vor, das glückliche Gefühl, bevor du lachst. Überwältigend, und es *bleibt*. Ich lag, aber ich flog zur gleichen Zeit. Na ja, zuerst handelte es sich um dieses Gefühl vor dem Lachen, aber dann kam die Spannung und ich wollte die Erlösung, da es schmerzte. Es war ein emotionaler Schmerz. Als ob die Spannung zu viel wurde und dann brach. So viel Kummer kam heraus.«

Sie pausierte und trank einen Schluck von ihrem Wein, ohne mich anzusehen. »Als ich wieder runterkam, musste ich mich übergeben und fühlte mich einfach beschissen. Wer würde das nicht, richtig? Aber ich wusste, dass nur das erste Mal richtig großartig sein würde, und ich wollte nicht als ein kranker Junkie enden. Nicht einmal um mich Janis Joplin näher zu fühlen.«

»Aber warum hast du es dann überhaupt erst probiert?«

»Kevin ... ich weiß, dass du sein größter Fan bist. Er und ich haben Dinge gemacht, nur um sie einmal getan zu haben. Einfach um zu experimentieren, weißt du. Um zu sehen, ob etwas dran war, ob wir es vielleicht für unsere Arbeit gebrauchen können. Also haben wir ein paar dumme Sachen angestellt.«

»Aber er hat dich niemals an einen Bettpfosten gefesselt?«

»Nein.«

»Ein wirklich erbärmlicher Mann.«

Sie lachte. »Wir sind mit geschlossenen Augen durch die Welt gerannt. Wir sind im Geschäftsviertel barfuß gelaufen. Wir haben ein ganzes Wochenende in Skid Row verbracht.«

Ich war mir fast sicher, dass ich danach zu lange schwieg. Ich dachte daran, wie sie von Schmutz bedeckt unter einer Brücke geschlafen hatte, zerbrochenes Glas unter ihr und fremde, labile Menschen um sie herum.

»Was?«, fragte sie, bevor sie erneut einen Schluck nahm.

»Hat er geschlafen? Als ihr in Skid Row gewesen seid?«

»Ich nehme es an.«

Ich nahm ihre Hand. »Ich könnte nicht schlafen, wenn ich nicht zu hundert Prozent sicher wäre, dass du in Sicherheit bist. Ich könnte dich nicht in Gefahr bringen oder jemandem dabei zusehen, wie er eine Nadel gefüllt mit Drogen in deinen Arm spritzt. Ich könnte nicht zur Ruhe kommen.«

»Das ist gut, denn der Uringeruch hat mich wach gehalten, und ich war hungrig. Apropos, ich werde jetzt mehr Ochsenschwanzsuppe essen, während du mir etwas erzählst, bei dem ich die Flucht ergreifen sollte. Aber das werde ich natürlich nicht machen.«

Sie nahm einen Löffel des Eintopfs und sah mich kurz an. Sie war sich sehr sicher, dass ihre Gefühle die Enthüllungen überleben würden. Ich hatte eine Menge pikanter Geschichten, die sie nicht einmal halb aus der Tür bekommen würden. Und so viele andere, die eine Diskussion nach sich ziehen und den Abend ruinieren würden.

Ich fragte: »Sind sexuelle Eskapaden erlaubt?«

»Sicher.« Sie sah in ihre Schüssel. Vielleicht war das eine schlechte Idee. Ich wollte sie nicht aus der Fassung bringen. Wenn sie mir eine Geschichte erzählen würde, wie die, an die ich gerade dachte, dann würde ich mit Sicherheit aus der Fassung geraten.

»Bist du dir sicher, dass du dir sicher bist?«

»Solange deine Frau nicht Teil der Geschichte ist.«

»Warum? Abgesehen davon, dass sie nicht der Typ für Eskapaden ist?«

»Ich werde nicht vorgeben, dass deine Ex-Frau zu meinen liebsten Personen auf der Welt gehört. Aber ich finde außerdem, dass man nicht darüber reden soll, was in einer Ehe sexuell getrieben wird. Also —«, sie bedeckte ihre Ohren, »la la la, ich will es nicht hören.«

In den fünf Minuten, in denen ich Zeit hatte, eine Geschichte vorzubereiten, hatte ich mich entschieden zu erzählen, wie ich einmal drei Frauen gleichzeitig im Bett hatte. Es entsprach der Wahrheit, völlig unsexy aber trotz allem auch lustig. Allerdings hatte sie mich überrascht, als sie der Frau Respekt gegenüberbrachte, die sie angelogen und ihr wehgetan hatte, in dem sie einen Kodex einhielt, von dem die andere Frau nichts ahnte. Monica verdiente mehr als die vorgefertigte Geschichte, die ich bereits hunderte Mal in Clubs erzählt hatte.

Ich umfasste ihre Handgelenke und entfernte ihre Hände von ihren Ohren. Sie lächelte mich an.

»Da stimme ich zu«, sagte ich. »Du bist vor den Bettgeschichten mit meiner Frau sicher. Aber nicht vor dem Rest.« Ich nahm meine Hände weg, hob mein Weinglas an und atmete tief ein. »Es gibt einen Unterschied zwischen einem Dominanten und einem Schwein.«

»Wirklich?«

»Mein Vater«, sagte ich, als ich mich vorlehnte, »ist ein Schwein.« Sie sah aus, als würde sie sich gleich an ihrem

Eintopf verschlucken. »Alles okay?«, fragte ich.

»Es geht mir gut. Ich spüre, dass du mir gleich ein Beispiel präsentieren wirst.«

»Ich habe die Pubertät früh erreicht«, sagte ich. »Mit dreizehn war ich bereits fertig. Kurz vor meinem vierzehnten Geburtstag wollte mein Vater wissen, warum ich immer noch nicht flachgelegt worden bin.«

Sie kaute. Dann schaute sie mich aus diesen großen Schokoladenaugen an. »Okay?«

»Er hat ein Date mit einem Mädchen arrangiert. Einer Frau. Rachel. Sie war zwei Jahre älter als ich. Mein erstes Mal. Und jetzt rate mal? Es hat sich herausgestellt, dass sie seine Mätresse war.«

Sie schluckte schwer. »Wie alt war sie?«

»Die Berechnung, die du gerade in deinem Kopf angestellt hast, ist korrekt.«

»Wow. Er hat seine minderjährige Mätresse an dich weitergereicht?«

»An seinen minderjährigen Sohn. Wie gesagt. Schwein. Und du solltest den Ausdruck in deinem Gesicht sehen.« Ihr Herzschlag war praktisch hörbar. Sie schob Essen umher und ich bemühte mich, meine Nerven zu kontrollieren.

Sie seufzte schwer. »Ehrlich gesagt habe ich nicht erwartet, dass du so eine Geschichte parat haben würdest.«

»Denkst du etwa, dass bei reichen Leuten keine kranke Scheiße hinter verschlossen Türen vorgeht?«

Sie zog ihre Augenbrauen hoch und drehte den Löffel im Eintopf herum. »Etwas in dieser Art.«

Ich lachte. Einerseits war ich nervös, weil ich dieses Fragment der Geschichte laut ausgesprochen hatte, und auf der anderen Seite war ich auch erleichtert, weil sie nicht weggerannt war. Jedenfalls noch nicht.

Sie legte den Löffel ab und trank von ihrem Wein. »Hast du sie danach wiedergesehen?«

»Das habe ich, aber unter anderen Bedingungen. Für eine gewisse Zeit war es unschön.« Ich räusperte mich. »Sie ist gestorben.«

»Oh, das tut mir so leid. Wie?«

»Autounfall. Ich war um die Sechzehn, als es passiert ist.«

Ich hätte viel eher aufhören sollen, noch bevor ich den Unfall erwähnt hatte. Wenn sie sich etwas näher mit der Geschichte befassen sollte, wäre ich am Arsch. Also hörte ich auf zu reden. Hörte einfach auf.

Sie wartete, rutschte von ihrem Stuhl, kam zu mir und legte ihre Hände auf meine Wangen. »Du weißt, dass du mir die ganze Sache erzählen musst, richtig?«

»Es gibt nicht mehr zu erzählen.« Ich schob meine Hand unter ihren Rock, bis ich die Oberfläche ihrer Spitzenstrümpfe spürte. »Für den Ort, an den wir als nächstes gehen werden, musst du dein Kleid ausziehen.«

»Die Treppen hoch?«

Ich schob meine Finger unter die Spitze und dann die Strumpfhalter nach oben. »Nein.«

»Wohin dann?«

»Bist du fertig mit dem Essen?«

»Ja.«

Ich zog sie nach unten und küsste sie hart. Sie schmeckte nach liebevoll gekochtem, philippinischem Essen und kaltem Weißwein. Ich wollte sie erneut, aber wir mussten los.

sieben

Monica

Ich schlüpfte in meine Jeans, ließ aber meine raffinierten Dessous an. Ich fühlte mich ungezügelt, sexy und sinnlich mit den Strapsen unter der Jeans. Als ich das Foyer erreichte, stand die Eingangstür weit offen, und ich hörte ein lautes Brummen, das von der Einfahrt kam.

Jonathan saß rittlings auf einer mattschwarzen Rakete, auch bekannt als Motorrad, mit roten Akzenten an den Ecken. Der Rücksitz wurde nur von Luft und dem Versprechen von Geschwindigkeit gehalten.

»Okay«, sagte ich, als ich die Verandatreppen in meinen Heels herunterklickte, »ist das neu oder ist es ein altes Ding, das du in der Garage gefunden hast?«

»Ich habe mich von dem Mercedes getrennt und das hier gesehen.« Er händigte mir einen Helm in derselben mattschwarzen Farbe wie die Maschine aus. »Bist du schon einmal gefahren?«

»Yeah.« Ich zog den Helm über meinen Kopf. Ich war mit Kevin im Sequoias Nationalpark Motocross fahren, bis mich Schlamm von Kopf bis Fuß bedeckt hatte und ich wie ein Cowboy gelaufen war, der gerade nach einer Woche auf seiner aufmüpfigen Stute heimgekommen war. Einmal, während meines ersten Jahres an der Uni, hatte mich Ivan Ikanovitch auf seinem neuen BMW Motorrad mit nach Ventura genommen. Unnötig es zu erwähnen, aber ich hatte für den Weg nach Hause ein Taxi nehmen müssen.

»Dann lass uns starten, kleine Göttin. Die Fahrt dauert normalerweise vierzig Minuten. Wir haben aber nur fünfunddreißig.«

Ich setzte mich auf den Rücksitz und legte meine Arme um seine Hüfte. »Du hättest mich ‚Unbezwungen‘ einfach so schnell aufsagen lassen sollen, wie ich das wollte. Dann wären wir auch im Zeitplan.«

Das Tor ging auf, als würde er es durch seine Gedanken steuern, und wir fuhren los. Meine Beine pressten sich an den Sitz und meine Arme klammerten sich an seiner Hüfte fest. Als wir an einer Ampel anhielten, hörte ich seine Stimme in meinem Kopf.

»Du klemmst mir den Blutkreislauf ab.«

Die Klarheit seiner Stimme war schockierend. Er drehte sich um und tätschelte den Helm.

»Da sind Mikrophone drin?« Er nickte. »Dekadent.«

Die Ampel schaltete sich um und wir fuhren los. Wir redeten nicht viel, als wir uns auf der Fünf einreihten, bevor wir auf den Freeway 110 abbogen. Ich versuchte nicht zu kreischen, als er sehr schnell fuhr, da er mich schließlich hören konnte. Stattdessen lehnte ich mich gegen ihn, genoss die Weichheit seiner Lederjacke und die Art und Weise, wie sie knirschte. Auch wenn es Anfang November war, fühlte sich der Wind warm an, als er unter meine Kleidung peitschte.

Ein weiteres Puzzleteil war an seinen Platz gefallen. Er war vierzehn Jahre alt gewesen, als ihm der Vater seine Mätresse ausgeliehen hatte. Seine erste sexuelle Erfahrung war in Familienverbindungen und Unwohlsein getränkt. Er kam mit sechzehn in die Nervenheilanstalt. Ungefähr zu der Zeit, in der sie auch umgebracht worden war. Er hatte mir einen Teil der Geschichte anvertraut. Die Zeit in der Anstalt musste etwas mit der sexuellen Freizügigkeit seines Vaters und dessen Interesse an jungen Mädchen zu tun haben. Genauso wie den absurden Erwartungen, die er an die Potenz seines eigenen Sohnes hatte.

Einige Puzzleteile fehlten allerdings noch. Etwas stimmte ganz und gar nicht, aber seine Erklärung war ein Anfang gewesen, und ich fühlte eine Art Erleichterung, dass er irgendwann, sobald er dazu bereit wäre, die Lücken auffüllen würde.

Wir fuhren hundertdreißig Kilometer pro Stunde, an der industriellen Skyline vorbei, die wie Tinkertoy Spielzeug wirkte, und an Outletstores mit ihren himmelhohen Leuchttafeln, rasten durch Gegenden, in denen derartige Tafeln nach den Unruhen noch immer ausgebrannt waren, bevor wir wieder in eine Wohngegend kamen, die von der Mittelklasse bevölkert wurde.

Ich schob meine Hand unter seine Jacke, dann unter sein Hemd. Ich fühlte seinen straffen Bauch und die kurzen Haare dort. Die Wärme seiner Haut führte dazu, dass ich mich sicher und geborgen fühlte.

»Versuchst du mich gerade zu verführen?«, fragte er in meinem Kopf.

»Nicht bei diesem Tempo.«

»Okay, denn in ein paar Stunden werde ich dich nehmen.«

»Ich weiß.« Ich lehnte meine Wange gegen seinen Rücken. »Du bist eine Hure.«

»In diesen Tagen nur noch für dich.«

Ich hoffte, dass mein Seufzer durch die Mikros nicht zu hören war. Ich wusste, dass ich mich dazu entschieden hatte, ihm zu glauben. Diese Wahl war im vollen Bewusstsein getroffen worden, war deshalb aber noch lange nicht unfehlbar. Ich wusste, dass er mich jederzeit verlassen könnte, aus welchem Grund auch immer. Falls er wirklich über seine Frau hinweg war, konnte er jetzt nach einer passenderen Lebenspartnerin schauen, mit der er mehr gemeinsam hatte, wie zum Beispiel Geld, die gesellschaftliche Stellung sowie Freunde und Interessen.

Aber ich hatte mich dazu entschieden zu glauben, auch wenn das vielleicht nicht die beste Idee gewesen war, dass er mich für mehr als nur eine kurze Zeit wollte, da mich der Gedanke glücklich machte.

Ich war am Arsch.

Er nahm bei Carson die Ausfahrt vom Freeway, und nach ein paar schnellen Kurven näherte er sich einem mit Flutlicht beleuchteten Feld, auf dem ein Luftschiff geparkt war.

»Wir sind da«, sagte er, als er an einer Eisenkette zum Stehen kam, die als Abgrenzung zur Feldfläche diente. Ein Mann in einem weißen T-Shirt und einer Vinyljacke kam auf uns zu. Er hatte ein Klemmbrett in der Hand. Jonathan nahm seinen Helm ab. Seine Haare waren ein totales Chaos, eine Schule aus wedelnden Armen von Seesternen, die durch die Flutlichter beleuchtet wurden. Er fuhr mit den Fingern durch seine Haare und wandte sich dem Mann mit dem Klemmbrett zu.

»Mister Drazen?«

»Yeah.«

»Sie haben es gerade so geschafft. Parken Sie das Motorrad auf dem Parkplatz zu ihrer Linken. Viel Spaß.«

»Wie steht es?«, fragte Jonathan. Ich nahm meinen Helm ab. Ich wollte mir nicht einmal vorstellen, wie meine Haare im Moment aussahen. Wahrscheinlich ein Haufen gebrochener Saiten mit derselben Hintergrundbeleuchtung. Die kleine geflochtene Strähne an der Seite sah vermutlich wie eine Rastalocke aus.

»Sie liegen im zweiten Inning zwei Punkte zurück. Sie haben Probleme, Spieler auf die Bases zu bekommen«, sagte der Mann mit dem Klemmbrett.

Jonathan schüttelte seinen Kopf und startete wieder das Motorrad. Wir fuhren zur Mitte des Parkplatzes und parkten an einem Anhänger aus Blech, der durch ein Betonziegelfundament gestützt wurde. Er drückte den Ständer runter und lehnte das Motorrad zur Seite, bis es einen stabilen Halt hatte.

»Was war das eben?«, fragte ich, als ich zuerst abstieg. »Das Spiel? Verlieren sie etwa schon jetzt?«

Er stieg ab und stellte das Motorrad gerade hin. »Scheint so.«

»Steigen wir in das Luftschiff ein?«

»Wenn du dich benimmst.«

»Und wir gehen zum Dodger Stadion? Vielleicht? Ich will mich nicht zu weit aus dem Fenster lehnen, aber das zweite Luftschiff taucht immer im fünften Inning auf.« Ich versuchte mich zu beherrschen, aber ich hatte mein gesamtes Leben in der Nähe des Stadions gelebt und nicht einmal einen Weg gefunden, um ein Playoff zu sehen. In der Zeit, in der ich die richtigen Leute gekannt hatte, war das Team am Boden. Während der guten Jahre hatte ich Kontakt mit Leuten, die an Sport nicht »interessiert« waren, weil organisierte Teamaktivitäten als unkreativ, unzivilisiert und bäuerisch angesehen wurden.

»Ja«, sagte Jonathan. »Wir werden uns das Spiel aus der Luft ansehen. Jedenfalls wenn du diesen knackigen Hintern jetzt in Bewegung setzt. Sie werden nicht warten.«

Ich sprang in seine Arme. Ich konnte einfach nicht anders. Auch ich war nur aus Fleisch und Blut gemacht, und die Farbe meines Blutes war das Blau der Dodgers. Ich küsste sein Gesicht und wickelte meine Beine um seine Hüfte. Er fing mich auf, positionierte mich, in dem er seine Hände unter meine Knie brachte, bevor er sich auf den Weg zum Flugschiff machte. Das weiße Rauschen war ohrenbetäubend. Bevor er mich herunterließ, sagte ich nah an seinem Ohr: »Dankeschön.«

Er nahm meine Hand, lächelte, als wäre er sehr damit zufrieden, mich glücklich zu sehen. Dann rannten wir über den Rasen und der riesigen Maschine entgegen. Sie war größer als erwartet. Massiv. Überwältigend. Der Name eines Reifenherstellers stand in Buchstaben auf dem Flugschiff, die zwei- bis dreimal größer waren als ich. Ich konnte keinen der Männer, die uns begrüßten, hören, aber ich legte mein Kundendienstlächeln auf. In diesem Fall hätte es nicht aufrichtiger sein können.

Wir wurden in eine Gondel mit sechs Sitzen gebracht, die nach vorne ausgerichtet waren. Die zwei an der Windschutzscheibe waren für den Piloten und Kopiloten vorgesehen. Jonathan und ich wurden zu den beiden Sitzen dahinter geführt, und hinter uns saßen zwei Männer, die Geschäftsleute zu sein schienen. Wir waren von Fenstern umringt, aber Jonathan stellte sicher, dass ich den Sitz bekam, der die beste Aussicht garantierte. Ich hüpfte hinein. Ich wollte mit ihm sprechen, aber es war einfach zu laut. Der Kopilot gab uns Kopfhörer, an denen sich Mikros befanden.

Ich hörte, wie Jonathan sagte: »Kannst du mich hören?«

»Ja«, antwortete ich. »Kannst du mich hören?«

»Laut und deutlich.«

»Baby«, sagte ich. Mein Lächeln war so breit, dass ich das Gefühl hatte, mein Gesicht würde zerspringen. »Heute Nacht bin ich eine sichere Sache.«

Alle in der Kabine fingen an zu lachen. Natürlich konnten sie mich hören. Jonathan legte seinen Arm um mich und zog mich an sich heran, platzierte einen Kuss auf meine Stirn, während er lachte. Ich vergrub meinen Kopf an seiner Brust.

»Machen Sie sich keine Gedanken, Miss«, sagte der Pilot, seine Stimme laut und deutlich in den Kopfhörern. »Das bekommen wir recht oft zu hören.« Nach einer kleinen Pause fuhr er fort. »Mein Name ist Larry. Das hier ist mein Kopilot, Rango. Wir werden uns in ein paar Sekunden in den Osten von Los Angeles aufmachen. Unser Ziel ist das Dodger Stadion, das wir in ungefähr vierzig Minuten erreichen sollten. Halten Sie sich fest. Der Start kann beim ersten Mal etwas holprig wirken. Anschnallen nicht vergessen.«

Das Geräusch wurde noch lauter. Ich fand meinen Gurt und die dazugehörige Schnalle. Jonathan half mir bei dem Prozess, dann nahm er meine Hand. Nur wenige Sekunden später hatte ich das Gefühl, dass ich in einer Rakete saß, die gerade abgeschossen wurde. Larry drehte an einem Lenkrad aus Holz, das sich zwischen seinem und Rangos Sitz befand.

»Ich werde das Spiel anschalten«, merkte Rango an. »Wir befinden uns am Anfang des vierten Innings gegen die New York Yankees. Während wir sprechen, wirft Cashen für die Yanks.«

Ich schloss meine Augen und hörte Jonathans Stimme. »Öffne deine Augen. Es ist schwer, an diese Flüge ranzukommen, sogar für mich.«

Ich öffnete sie und sah ihn in der recht dunklen Kabine an. Er berührte meine Wange und lächelte. Ich fühlte mich beschützt und geborgen. Ihn bei mir zu haben, war vielleicht nur eine Illusion, aber trotzdem reduzierte sich dadurch in mir das Gefühl, aus einer Kanone geschossen zu werden. Stattdessen fühlte es sich eher wie ein spaßiger Ausflug an, den ich mir niemals hätte erträumen können.

Die Stadt lag ausgebreitet unter uns, eingehüllt in eine Decke aus Lichtern, geformt aus Straßen, Freeways und beleuchteten Parks. Ich konnte meine Augen nicht abwenden. Wir flogen tief genug, dass wir Autos und Menschen ausmachen konnten, aber hoch genug, dass sie wie bewegliche und entschlossene Punkte aussahen. Jeder hatte ein Ziel, und wir befanden uns über ihren Köpfen, glitten mit dem Wind an ihnen vorbei.

Das Spiel lief für mein Team nicht besonders gut. Ich hörte wortlos zu, als ein weiteres Inning zu Ende ging. Mit drei Männern, die auf Bases gestrandet waren, einem Werfer, der bis zur Erschöpfung Bälle warf, die ins Foul getrieben wurden, und einem Fänger, der wahrscheinlich dem berühmten Schläger Jose Inuego mit einer Gehirnerschütterung zurückgelassen hatte.

Ich fühlte, wie sich Jonathan über mich beugte, um aus das Fenster zu sehen. Er platzierte sein Kinn auf meine Schulter, bevor seine Lippen auf meinem Hals landeten. In die Richtung des Fensters gelehnt, schauten wir zusammen hinaus. Als die Minuten vergingen, wurde es in der Gondel kühler. Obwohl wir Jacken anhatten, stellte ich fest, dass Jonathan kalte Hände hatte, als ich seine berührte. Ich führte eine seiner Hände zwischen meine Knie, um sie aufzuwärmen, und umfasste die andere mit meiner Hand. Wir verweilten in dieser Position, sahen aus dem Fenster, seine Brust an meinem Rücken, sein Kinn in meinem Nacken und seine Hände, die von meinem Körper aufgewärmt wurden, bis ich die Gegend um Elysian Park sah. Ich konnte von hier oben wahrscheinlich sogar mein Haus sehen.

»Schau mal!« Ich klang wie ein Kind. »Ich kann es sehen!«

Von dem Moment an, in dem ich das Station sah, schien es genauso lange zu dauern, über das Stadion zu kommen, wie es gedauert hatte, um Los Angeles von Carson aus zu erreichen.

Ein zweites Luftschiff flog an uns vorbei und entfernte sich vom Spiel. Larry und Rango winkten den Piloten zu. Ich war angefüllt mit dem Gefühl der Zufriedenheit. Einfach alles fühlte sich richtig an. Als wäre ich ein Teil von etwas Größerem, das über meine Vorstellungskraft hinausging. Bisher hatte ich das nur während Orchesterproben im College gespürt, und auch nur dann, wenn alles perfekt abgelaufen war. Wenn der Schlagzeuger im Takt spielte, der Dirigent mit seinen Händen eine Sprache formte, die so einfach zu verstehen war wie das geschriebene Wort, und wir folgten, als wären wir alle von derselben Welle angehoben worden.

Als sich das Gefühl verflüchtigte, gab es nichts, das ich mehr wollte, als es wieder an die Oberfläche zu bringen. Ich nahm meine Kopfhörer ab und wandte mich Jonathan zu. Seine Augen waren durch das Licht der Anzeigetafeln der Piloten zu erkennen. Er schob sein Mikro aus dem Weg. Ich küsste ihn, und es war mir egal, wer es sah. Meine Lippen passten sich seinen an und ich fütterte ihm meine Zunge. Er nahm die Hand zwischen meinen Beinen hervor und legte sie auf meine Wange, gewärmt von meinem Körper, berührte er mich sanft. Ich verlängerte das Gefühl der Richtigkeit für eine weitere Minute, bis die Gondel plötzlich von Licht durchflutet wurde.

Ich öffnete meine Augen. Wir schwebten genau über dem Stadion. Ich warf einen letzten Blick auf Jonathan und formte mit den Lippen, *»Sichere Sache«*.

Seine Antwort darauf, *»Ich weiß«*, woraufhin ich lächeln musste.

Ich hatte noch nie ein Spiel auf diese Art und Weise gesehen, und ich empfand es zunächst als etwas befremdlich. Ich war den Fernseher gewöhnt, in dem ich jedes Zucken und Nicken der Werfer sehen konnte, und ich kannte die Spiele von der Tribüne aus, auf der ich schon allein am Geräusch des Zusammentreffens von Ball und Schläger erkennen konnte, in welche Richtung der Ball fliegen würde. Vom Luftschiff aus sahen die Spieler wie weiße Blumen auf einem perfekten Rasen aus.

Ich legte meine Kopfhörer wieder an und lehnte mich gegen das Fenster. Der Ansager erzählte von der Anzahl der Würfe und den Männern auf den Bases. Außerdem hörte ich, wie die Männer in der Gondel über das Gleiche sprachen. Die Yanks waren dran. Mit Spielern auf der ersten und dritten Base. Einer war bereits raus. Harvey Rodriguez war als nächstes mit Schlagen dran.

Larry schaltete den Motor aus, wodurch die Lautstärke reduziert wurde. »Wir werden hier bis zur nächsten Werbeunterbrechung schweben, dann starten wir es wieder.«

Jonathan kam mit seinen Lippen an mein Ohr. »Rodriguez ist ein Linkshänder. Sie werden es auf ein Double Play anlegen. Beobachte das Innenfeld.« Der Shortstop und dritte Baseman nahmen zwei Schritte auf die erste Base zu. »Sie gehen in die Richtung der rechten Spielhälfte, weil ein Linkshänder dazu tendiert, in diese Richtung zu werfen. Nach vorne gehen sie, um den Ball zu erwischen, damit sie den Spieler zur zweiten Base zwingen können. Sie spielen etwas in der Defensive, weil es einen Spieler auf der dritten Base gibt, der bei einem Wild Catch sein Glück versuchen kann oder als Sacrifice Fly endet.«

»Aber was passiert, wenn der Ball flach kommt? Dann werden sie ihn nicht fangen, und wir haben ein totales Durcheinander. Die Spieler im Außenfeld haben sich auch nach innen bewegt. Ich meine ja nur, dass sich Rodriguez kaum anstrengen muss, um einen Spieler einzusacken.«

»Sie versuchen es einfach. Sie haben nur noch zwei Männer. Wenn also ein Spieler wegen eines Sac Flys rausfliegen würde, wäre das schade. Allerdings macht es mitten im Spiel keinen großen Unterschied mehr, ob du zwei oder drei Spieler verloren hast. Man kann bei dem Double Play einfach mehr rausholen.«

Rodriguez lief los. Bases wurden aufgefüllt. Einige Momente in einem Ballspiel waren wichtiger als andere. Allerdings konnte man sie nicht mit großen Erfolgen oder einschlagenden Fehlern in der Defensive gleichsetzen. Es waren die gefüllte-Bases, ein-Mann-raus-Momente, in denen entweder jemand einen Punkt machte oder gestoppt wurde.

Diese Momente waren unvorhersehbar, unkontrollierbar und oftmals herrschte dann eine Totenstille. Wie bei dem zusätzlichen Foul Ball, der ein dritter Strike hätte sein können. Oder der Werfer, der einen Line Drive mit der bloßen Hand auffing, obwohl dieser Ball auch dafür hätte sorgen können, dass ein oder zwei Männer rausgeflogen wären. Oder ein Walk, um die Bases zu füllen.

»Ich kann mir das nicht mit ansehen.« Ich bedeckte meine Augen. Ich konnte von hier oben sowieso nichts sehen. Ich sah nur Punkte, die sich bewegten, und hörte die Ansagen. Trotzdem streckte Jonathan seine Hände aus und umklammerte meine Handgelenke, um sie von meinen Augen zu entfernen.

»Komm schon. Spiel mit. Sei kein Spielverderber.«

»Ja, Sir«, sagte ich scherzhaft, als ich ihn das Wort »Spiel« sagen hörte. Die Spieler im Innenfeld bewegten sich nach vorne, praktisch bis an den Übergang von Dreck zu Gras, und Jonathans Arme verfestigten den Halt. Seine Hände, jetzt warm, lagen über meinen verschränkten Unterarmen. »Ich weiß, dass sie näher herankommen, damit sie den gegnerischen Spieler an der Home Base abfangen können, falls sie das müssen«, sagte ich.

»Richtig.« Er küsste meinen Nacken einmal, zweimal, dreimal. Jeder Kuss war sanfter als der davor. Jeder verweilte länger als der davor. Mein ganzer Körper kribbelte, und ich brauchte meine gesamte Selbstkontrolle, um meinen Kopf davon abzuhalten, sich nach hinten und an Jonathan zu lehnen. Denn sonst hätte ich genauso ausgesehen, wie ich mich gerade fühlte: wie eine rollige Frau.

Wir wurden durch die Kollision des Balls mit dem Schläger unterbrochen, die wir durch die Kopfhörer vernahmen, die wir zuvor abgenommen hatten. Die weißen Blumen rannten über das Feld. Der Shortstop fing den Ball und warf ihn zur zweiten Base. Dann warf Val Renault den Ball, ein unscheinbarer Fänger, der für seine Würfe bekannt war, und stellte sicher, dass er schnell und akkurat an der ersten Base ankam, um ein Double Play abzuschließen.

Das Inning war vorbei.

Eineinhalb Stunden später kam das Spiel mit den Dodgers als Sieger zum Ende. Sie gewannen mit einem Run Vorsprung, wodurch ein siebtes Spiel erzwungen wurde. Die sechs Passagiere in der Gondel konnten sich bei dem letzten Aus nicht mehr auf den Sitzen halten. Wir verteilten High-Fives, jubelten und machten uns dann zurück auf den Weg nach Carson.

acht

Ich war etwas unsicher auf den Beinen, sobald wir die Gondel verließen, aber Jonathan legte seinen Arm um mich und zog mich an seinen Körper, als wir uns auf den Weg zum Motorrad machten. Wir bedankten uns bei den Angestellten, an denen wir vorbeiliefen, als sie das Luftschiff mit Seilen und einem Flaschenzug an die richtige Stelle verfrachteten. Wenn das Verhalten einen Eindruck gab, dann war das Leiten eines Luftschiffunternehmens der befriedigendste Job auf der Welt.

Wir liefen Händchen haltend auf das Motorrad zu. »Vielen, vielen Dank«, sagte ich. »Das Date gehört wahrscheinlich zu meinen Top-Fünf.«

»Top-*Fünf*?«

»Vielleicht auch Top-Vier.«

Er sah mich an. »Bitte was?«

Ich zuckte mit den Achseln. »Das war ein Kompliment.«

Er zog die Lippen zwischen seine Zähne. Bevor ich entscheiden konnte, ob er versuchte, Wut oder einen Lachanfall zu unterdrücken, duckte er sich, kam auf mich zu und warf mich über seine Schulter. Ich quietschte und trat um mich, hüpfte auf und ab, als er rannte. Er drückte mich, begleitet von einem dumpfen Geräusch, seitlich gegen den Metallschuppen, presste meine Schultern gegen die Wand.

»Sag mir deine Top-Drei. Ich werde sie übertreffen.«

»Mit was?«, fragte ich.

»Ich werde dich zum verdammten Mond bringen und habe dich rechtzeitig zurück fürs Bett.«

»Oh, Jonathan. Der Mond? Wirklich?« Ich rollte meine

Augen.

Er lächelte einfach nur, ein breites Grinsen, das alle Zähne und seine Freude zeigte. »Du hast dir gerade ein Spanking für heute Abend verdient.«

»Zuerst musst du mich küssen«, sagte ich. »Vielleicht bringt dich das in die Top-Drei.«

Er packte meine Hände und positionierte sie über meinem Kopf, bevor er mich küsste. Eigentlich attackierte er meinen Körper geradezu. Er fixierte meine Hände mit Nachdruck, drückte seinen Schwanz gegen mich und verschlang mich mit seinen Lippen. Seine Zunge füllte mich mit Finesse, als würde er meinen Mund ficken. Ich rieb mich rhythmisch an ihm, bis ich stöhnte. Ich musste ihn einfach haben. Er drückte sich gegen mich, als würde er versuchen, mich durch die Kleidung hindurch zum Flehen zu bewegen.

»Hallo«, unterbrach uns eine Stimme. Jonathan ließ von meinen Armen ab und sah sich um. Es war einer von den Kerlen, der gekämpft hatte, das Luftschiff auf den Boden zu bekommen. »Wir schließen hier jetzt ab.«

»Danke«, sagte Jonathan, ohne eine Andeutung von Scham. Er griff nach meinem Helm auf dem Motorrad und gab ihn mir. Ein Lächeln breitete sich wie eine unkontrollierbare Öllache auf seinem Gesicht aus. Ich nahm den Helm mit dem gleichen Grinsen entgegen.

Die Fahrt nach Hause verging ohne viele Worte. Ich ruhte einfach an seinem Rücken, mit meiner Hand unter seinem Hemd, und genoss seine Wärme. Ich streichelte oder berührte ihn nicht bei hundertdreißig Kilometer in der Stunde, auch wenn die Versuchung groß war.

Er bog in meine Einfahrt ein. Es war Mitternacht, jedenfalls fast, und mein Körper war erschöpft. »Kommst du mit rein?«, fragte ich, als ich einen Finger mit seinem verwob. Er zog mich an sich.

»Spielen wir? Oder werfe ich dich einfach auf den Boden und ficke dich dann?«

Beide Optionen klangen verführerisch. Etwas Heißes und Verschwitztes vor dem vollkommenen Zusammenbruch wäre nett. Zumal ich dann am Morgen auch ausgeruht und voller Energie an die Arbeit gehen könnte. Aber wenn er »spielen« sagte, fühlte ich, wie sich zwischen meinen Beinen Feuchtigkeit sammelte und ein Schauer meine Wirbelsäule hochglitt. Ich ließ von ihm ab und ließ meine Arme an meine Seite fallen. Ich wollte unter seiner Kontrolle stehen, unter seiner Dominanz, unter *ihm*. Ich wollte mich in ihm vergessen, genauso wie die Schande, dass ich ihn so verzweifelt wollte.

»Ich würde gern wieder spielen«, sagte ich. Dann fügte ich ein: »Sir«, hinzu.

»Dann hoch auf die Veranda mit dir, und warte dort auf mich.« Als ich mich zum Gehen umdrehte, gab er mir einen harten Klaps auf den Hintern. Ich keuchte und ging die Treppen hoch.

Jonathan stieg ab, kam aber nicht zur Veranda. Stattdessen wartete er auf dem Bürgersteig. Er sah zum Haus hinauf, dann überquerte er die Straße und sah wieder aufs Haus. Er kam zurückgejoggt und ging durch den Metallkettenzaun. »Du bist von der Straße aus zu sehen.«

»Sir?«

»Das bedeutet, dass du deine Kleidung anbehalten musst, bis wir im Haus sind.«

Meine Straße war nachts wie ausgestorben. Das lag zum einen an dem Hügel, aber auch an der Nachbarschaft. Wenn sich hier zwischen Mitternacht und acht Uhr morgens zwei Menschen treffen würden, dann wäre das ein Fall für die Nachrichten. Ich hatte allerdings das Gefühl, dass diese Tatsache keine Rolle spielte. Er starrte mich kalkulierend an. Ich kannte diesen Blick. Er konstruierte das Spiel. Er drehte sich der Straße und mir zu, Füße auf der Veranda, und sagte: »Komm hier her, meine kleine Göttin.«

Das tat ich, und mein Herz pochte vor freudiger Erwartung. Mein Rücken war der Straße zugewandt.

»Öffne den Knopf an deiner Jeans.«

Ich öffnete ihn.

»Öffne bitte den Reißverschluss.«

Auch das tat ich, wodurch ich ihm meinen Strumpfgürtel

und das obere Ende meiner neuen, bereits eingeweihten Dessous präsentierte. Er streichelte mir über den Bauch, seine Finger berührten den Spitzenbund.

»Berühre dich selbst.«

Er beobachtete, wie ich meine Hand in meine Hose schob. Aufgrund der köstlichen, geheimen Berührungen im Luftschiff und auf der Fahrt nach Hause war ich schon für ihn bereit. Ich erschauerte, als meine Finger mein feuchtes, geschwollenes Geschlecht fanden. Ich wölbte mich vor Lust, während er mein Kinn umfasste.

»Stell dich aufrecht hin.« Er übte Druck auf mein Kinn aus, wodurch er meine Wirbelsäule dazu brachte, sich zu begradigen, während sich mein Blick nach oben richtete. »Wie feucht bist du?«

»Sehr feucht, Sir.«

»Was möchtest du, dass ich diesbezüglich unternehme?«

»Ich will, dass du mich fickst. Bitte.«

»Strecke deine Hand aus.«

Ich nahm meine Hand aus der Hose und hielt sie ausgestreckt. Die Feuchtigkeit an meinen Fingern glitzerte. Er küsste die Fingerspitzen, bevor er sie in seinen Mund saugte. Ich keuchte, als er seine Zunge darüber fahren ließ und alles ableckte. Seine Lippen hätten genauso gut auch auf meinem Geschlecht sein können. Bei dem Gedanken hätten meine Knie beinahe nachgegeben.

»Du schmeckst köstlich«, sagte er.

»Danke.«

»Erinnerst du dich an die Position, die ich von dir erwarte?«

»Ja, Sir.« Ich fragte mich, wie oft ich »Sir« noch sagen könnte, bis ich einen spontanen Orgasmus haben würde.

»Und dein Safeword?«

»Tangerine, Sir.«

»Geh rein, zieh dich aus und warte auf mich in der Position, in der ich dich sehen will. Suche dir einen Raum aus. Ich werde dich finden.« Ein Grinsen spielte über seine Lippen. »Du hast sechzig Sekunden, und ich rate dir, fertig zu sein.«

Ich schloss die Tür auf und trat ins Haus. Wohin sollte ich

gehen? Ich wollte ein Teil des Spiels sein. Ich wollte ihn überraschen. Dass er es sich verdient. Also war das Schlafzimmer der erste Ort, den ich ausschloss. Das Badezimmer sah unmöglich aus. Also war der Raum auch raus. Das Wohnzimmer hatte eine schöne, weiche Couch, und ich könnte mich auf dem Couchtisch in Stellung bringen. Das wäre irgendwie cool, aber das Wohnzimmer befand sich gleich hinter der Eingangstür, und wo wäre der Spaß, wenn er direkt über mich stolpern würde, sobald er ins Haus kam?

Ich zog mich aus, als ich durchs Haus lief, ließ mein T-Shirt in den Wäschekorb fallen und kickte meine Schuhe in die Ecke. Nein. Ich holte die Schuhe wieder zurück.

Ich machte die Lichter im Flur an, genauso wie die warmen, indirekten Lichtquellen. Wenn sein Haus und das Büro ein Indiz waren, dann bevorzugte er diese Art von Beleuchtung. Ich zog die Hose aus und schlüpfte in dem Moment wieder in die Schuhe, als ich das quietschende Geräusch der Fliegengittertür vernahm.

Ich befand mich auf dem Küchenboden, hinter der Arbeitsfläche. Meine Knie und eine Wange waren gegen das Linoleum gepresst, meine Hände zwischen den Beinen ausgestreckt, bis ich meine Fußknöchel erreichte. Ich konnte unter die Küchenschränke schauen. Nicht sexy. Ich drehte mein Gesicht in die Richtung des Küchentischs. Besser.

Ich hörte, wie Jonathan die Tür schloss, dann seine Füße auf dem Boden im Wohnzimmer, wie er den Flur entlang zum Schlafzimmer lief, in dem ich mich nicht befand. Sein Duft breitete sich sofort in der Luft aus, und ich nahm ihn in mich auf, während ich mit meiner Fotze in der Luft wartete, wie ein Leuchtfeuer der Lust.

Seine Schritte kamen näher. »Die Küche. Kleine Göttin, du bist wunderschön.« Seine Stiefel tauchten in meinem Blickfeld auf. »Die Küche« wiederholte er gedankenvoll. Die Kühlschranktür wurde geöffnet und das Licht hüllte den Raum ein. »Wovon lebst du eigentlich?«

»Ich esse an der Arbeit. Sie füttern uns. Und ich bestelle Essen.«

Er murmelte vor sich hin. Ich konnte ihn im Moment nicht sehen, aber trotzdem sein Missfallen spüren. Er schloss den Kühlschrank, und wieder wurde der Raum lediglich von den beiden Fluren auf beiden Seiten in Licht gehüllt. Er pfiff. Auch wenn ich die Melodie zuerst nicht erkannte, ging mir beim Refrain ein Licht auf. *»Under my Skin«,* das Lied, das ich in der Nacht gesungen hatte, in der er mich im *Frontage* überrascht hatte.

Ich hörte es klappern und krachen. Eine Schublade wurde geöffnet, und ich vernahm das eindeutige Geräusch von Plastiktüten. Mein Herz stolperte. Plastiktüten? Vielleicht war etwas in ihnen, mit dem er sich befasste? Vielleicht bewegte er auch etwas, das im Weg lag? Oder er füllte eine Tüte mit etwas?

Ich konnte es einfach nicht sehen, ohne meine Position aufzugeben, und auch wenn mich Panik überkam, war ich nicht bereit, das Spiel aufzugeben. Aber die Panik machte keinen Spaß. »Jonathan?«

Pause, dann: »Monica?«

»Du wirst mir doch keine Plastiktüte über den Kopf ziehen, oder?«

Eine weitere Pause. Er trat in mein Blickfeld, sah von einem Meter neunzig auf mich herab. »Niemals.«

Sofort beruhigte ich mich. »Vielen Dank, Sir.«

Ich realisierte von der Veränderung der Vibrationen in meiner Kehle, dass ich eine unterwürfige Stimme benutzte, wenn Jonathan seine dominante gebrauchte. Ich nutzte sanft artikulierte harte Konsonanten und gehauchte Vokale. Ich fühlte mich in einer derartigen Stellung auf dem Küchenboden plötzlich albern, mit meinem Hintern in der Luft, in Heels, Hände an meinen Fußknöcheln, während mein vollständig bekleideter (irgendwie) Freund durch die Dinge in meiner Küche kramte. Ich wusste, dass ich die Stimmung zerstört hatte, aber ich hätte dieses Angstgefühl keine weitere Sekunde ertragen können.

Seine Stiefel traten erneut in mein Blickfeld. Sie waren braun, damit sie zu seiner Jacke passten, und sahen in

Verbindung mit seiner Hose verdammt sexy aus. »Lass uns über diese Position reden.« Er kniete sich neben mich und strich mir über den Rücken und meinen Po, ließ seine Finger durch meine Spalte gleiten. »Das hier…« Er gab mir einen Klaps auf den Hintern, und ich keuchte überrascht auf. »Das hier ist nicht die Position, die ich von dir erwarte.« Er spankte mich ein weiteres Mal. Meine Arschbacke wurde von Hitze und einem Kribbeln eingenommen, die er versuchte einzudämmen, in dem er mir über die Stellen streichelte, an denen er mich erwischt hatte. »Hoch.« Er spankte den unteren Bereich, an dem die Rundung meines Hinterns auf den Schenkel traf. Ich begradigte meine Beine. »Weiter.« Ich dachte, er würde mir einen Klaps geben, stattdessen streichelte er mich. Dies lockte ein Stöhnen aus mir heraus, das sich in einen Schrei umwandelte, sobald er mich hart spankte.

Meine Hüften hoben sich automatisch an, nicht weil ich wollte, dass er aufhörte, sondern weil ich es richtig machen wollte. Mein Geschlecht befand sich über einem durchgebogenen Rücken in der Luft. Ich war am Keuchen. Ich sah ihn aus den Augenwinkeln heraus, wie er in seinem langärmligen Hemd und seiner Hose neben mir hockte. Seine Hand auf meinem Hintern, und dann wie er diese zurückzog, um ein weiteres Mal einen Klaps auszuteilen, der sich anfühlte, als würde er von einem Ledergürtel geführt werden. Die Luft verließ meine Lungen und alles, was blieb, war Lust, die auf den Schmerz folgte.

»Der Gedanke dahinter ist«, sagte er, »dass du vollkommen bereit für mich bist. Es sollte mir möglich sein zu sehen, dass deine Fotze feucht ist. Verstanden?«

»Ja, Sir.«

Er glitt mit einem Finger über meinen Rücken, nach unten zu meiner Spalte, weiter zu meinem Geschlecht, bis er meine Klitoris umkreiste, bevor er seinen Weg zurück nach oben fand. »Wenn du geduckt bist, kann ich sie nicht sehen.«

Ich brachte keine Worte über die Lippen.

»Es tut mir leid, Monica, aber ich konnte dich gerade nicht hören.« Er schlug die Rückseite meiner Schenkel, nah an meiner feuchten Höhle. Es brannte, aber dann fühlte es sich an, als würden tausend Blütenblätter gleichzeitig aufblühen.

»Ja.«

Wieder spankte er mich an dieser Stelle. »Sorry?«

Ich schrie.

»Shh. Benimm dich.«

»Ja«, keuchte ich.

»Ja, was?«

Ich kannte dieses Spiel. Wenn ich wollte, dass er weitermachte, und das wollte ich, dann wusste ich, was zu tun war. »Einfach nur ja.«

Wieder spankte er mich, kam mit so viel Fläche seiner Hand auf meiner Fotze auf, dass ich einen weiteren Schrei unterdrücken musste. »Monica, gibt es etwas, das du möchtest?«

»Mach das noch einmal, bitte.« Ich wusste nicht, wie ich es schaffte, aus dem Gekeuche Worte zu formen, aber das tat ich.

Er kam meinem Wunsch nach. Dann noch einmal, härter, und je schlimmer der Schmerz, desto berauschender war auch die Lust. Mein Hintern musste schon seit dem dritten Schlag rot sein, aber meine Fotze verlangte nach mehr. Zwischen den Schlägen streichelte er mich, um das Kribbeln des Schmerzes hervorzuheben. Auch hielt er die Schläge zurück, bis ich dachte, dass mich die Erwartung umbringen würde. Sobald seine Hand auf meiner Haut landete, erblühte alles zwischen meinen Beinen zu Lust. Ich dachte, dass ich davon überwältigt werden würde, konsumiert, aber er hörte auf, bewegte sich hinter mich und nahm jeweils eine Pobacke in eine Hand. Er spreizte meine Hälften auseinander, während seine Daumen die durchtränkte Spalte streichelten.

»Wie fühlst du dich, kleine Göttin?«

»Wunderschön.«

»Gut.« Er packte eine Handvoll meines Haares und zog mich behutsam in eine kniende Haltung. Er lief um mich herum, um mich anzusehen und hockte sich dann hin, ein Knäuel von Plastikbeuteln in seiner Faust. »Deine Handgelenke.«

Ich streckte meine Arme aus. Die Plastikbeutel waren gedehnt und an den Henkeln zusammengeknotet worden. Als er mich berührte, um meine Handgelenke aneinanderzufesseln, spürte ich Erregung und Erleichterung. Seine Berührung war sicher und sanft. Er summte einen alten Sinatra Song, der mich immer an ihn erinnern würde.

Als meine Handgelenke gefesselt waren, lehnte er mich nach hinten, hob meine Arme über meinen Kopf und wickelte meine Fesseln in der Form von Plastikbeuteln an den Schubladengriff. Er beugte sich über mich, als er an dem Knoten arbeitete. Als er mir so nah war, atmete ich ihn durch sein Hemd ein. Dieser Duft, in Verbindung mit dem Geruch, während ich gefesselt und gefickt wurde, wurde zum Duft vollkommener Erlösung. Ein Orchester, das durch die talentierten Bewegungen des Dirigenten eine Einheit wurde. Als er fertig war, ließ er seine Hände über meine Arme gleiten, nach unten, über meine Rippen, und während seine Daumen über meine Nippel streiften, breitete er mich auf dem Boden aus, bis meine Arme ausgestreckt waren.

»Perfekt«, sagte er, eher zu sich selbst als zu mir. Er winkelte meine Knie an und spreizte sie, bis sie zu beiden Seiten meiner Brüste positioniert waren. Er lehnte sich zurück und betrachtete sein Werk. Ich sah seine Erektion, die gegen seine Hose drückte, und ich wollte meine Hand ausstrecken, um sie zu berühren. Ich war gefesselt, und die Tatsache, dass ich ausgebreitet vor ihm lag, ließ die Empfindung des Entblößtseins noch intensiver erscheinen.

Jonathan zog sein Hemd aus, was dazu führte, dass ich ihn noch verzweifelter berühren wollte. Ich wollte meine Finger durch seine Brusthaare gleiten lassen, runter zu seinem Bauch, um den Pfad der Haare zu seinem Schwanz zu verfolgen. Als er seine Hose auszog, sprang es heraus, dieses wundervolle Teil. Ich hoffte, dass er es in meinen Mund stecken würde. Ich wollte ihn kosten, meine Kehle runterschieben, während meine Hände an die Schublade gefesselt waren. Ich wollte ihn von unten dabei beobachten, wie er kam. Ich wollte den Moment sehen, in dem er seinen Kopf kapitulierend nach hinten warf.

Er nahm etwas in die Hand, das auf der Arbeitsfläche gelegen hatte, bevor er sich zwischen meine Beine kniete.

»Göttin, das wurde bereits so oft gemacht, dass es schon fast als langweilig angesehen werden könnte.« Er hielt Schlagsahne hoch. »Du und ich sind zu gut dafür. Aber es sind nur noch zwei Wochen, bis es abläuft, und wir müssen dringend über den Inhalt deines Kühlschrankes reden.«

»Ja, Sir.«

»Öffne deinen Mund.«

Ich teilte meine Lippen, und er sprühte etwas Schlagsahne hinein. Er küsste mich, bevor ich schlucken konnte. Die Sahne umschloss unsere Zungen und tropfte mein Kinn herunter. Noch während er mich küsste, presste er die kalte Dose an meinen Nippel und schickte Lustschauer über meinen Körper. Er zog sich zurück und kniete zwischen meinen Beinen. Er besprühte beide Nippel, verzierte mich wie einen Kuchen, während die Dose ein zischendes Geräusch von sich gab. Er leckte die Sahne ab, bevor er kurz nacheinander beide Nippel in den Mund saugte und dann zubiss. Ich keuchte und warf meine Beine nach oben. Er stand auf und betrachtete die Dose.

»Die Spitze ist wirklich interessant«, sagte er.

»Nur du würdest sie interessant finden.«

Er platzierte den Sahnespender auf mein Brustbein, und die Spitze drückte in meine Haut. »Hast du da nicht etwas vergessen?«

»Nur du, Sir.« Ich versuchte weder zu lächeln noch zu zwinkern. Wir sollten die Stimmung heute wirklich kein zweites Mal ruinieren.

Die Dose hatte eine spitze Plastikhaube, die es erlaubte, dass die Schlagsahne als gefurchter Streifen heraustrat.

Als er die Spitze gegen die empfindliche Haut an der Brust und dem Oberkörper presste und langsam darüber zog, während er Sahne herausdrückte, entstand eine wirklich köstliche und dekorative Beschaffenheit. Es kratzte, was die Aufmerksamkeit meiner Nervenenden erregte und die Empfindungen nach außen trug, als die kalte Sahne auf meine

Haut traf. Kalt. Sanft. Es hatte weitreichendere Auswirkungen als Sahne auf meinem Körper. Das Gefühl verzehnfachte sich. Als er den Pfad mit seinem Mund verfolgte, war das Ergebnis für uns beide einfach köstlich. Er wandelte die Kälte zu Wärme um, und mit der texturierten Spitze seiner Zunge wurde die Weichheit grob.

Jonathan streifte die Dose über den Bereich unter meinem geschmückten Bauchnabel bis zum oberen Ende meiner Spalte, während seine Zunge nachfolgte. Die Vorfreude ließ mich aufkeuchen. Dieser Laut wurde kurz darauf von einem kleinen Quietschen abgelöst. »Shh. Ruhig. Sei artig«, sagte er sanft.

Er ließ die Dose, das spitze Ende, und seine warme, raue Zunge über die Innenseite meiner Schenkel wandern. Ich war ein pulsierendes, geschwollen heißes Durcheinander, als er die Dose schließlich abstellte und seine Zunge zwischen meine Schenkel legte. Er bewegte sich langsam über mein Geschlecht, auf eine betörende Art und Weise, die mich keuchend, meine Hüften rotierend und an meinen Plastikbeutelfesseln ziehend zurückließ.

Er kam mit seiner Zunge wieder nach oben, ließ sie über meinen Oberkörper gleiten, bevor er mit einem Kuss auf meinem Mund landete. Ich öffnete die Lippen für ihn, schmeckte die Mischung aus Schlagsahne und Sex auf seiner Zunge.

»Was willst du?«, fragte er.

»Ich will dich.«

»Du hast mich.«

»Ich will deinen Schwanz in mir spüren«, sagte ich.

»Wann?«

»Bitte, Sir«, hauchte ich, »jederzeit nach jetzt wäre gut.«

Er lächelte, kniete über mir und spreizte meine Beine. Er ließ seinen Finger durch meine feuchte Spalte gleiten. Meine Hüften zuckten und ich spreizte meine Beine weiter auseinander, flehte ihn wortlos an. Mit einer Hand gegen einen Küchenschrank gepresst, benutzte er die andere, um seinen Schwanz zu positionieren. Er schob sich in mich, presste hinein und bewegte sich in mir, bevor er sich wieder zurückzog. Er schloss seine Augen und stöhnte. Zu sehen, wie er Lust empfand, brachte meinen Körper und Verstand in den gleichen Zustand. Er stieß wieder in mich, dieses Mal härter, und ein Laut verließ meine Lungen, auch wenn ich versuchte ruhig zu sein.

»Wie willst du es, Monica?«

Könnte ich ihn danach fragen? Aber wie? War das, was ich wollte, nicht genau das, was mich am meisten ängstigte?

»Ich will dich befriedigen«, flüsterte ich, womit ich ihm die Wahrheit sagte, obwohl ich der wirklichen Antwort aus dem Weg ging. Meine Fotze hatte die Kontrolle übernommen. Sie hatte das Sagen. Solange ich den letzen Funken von Kontrolle nicht verlor, musste ich auch nichts zugeben.

»Du befriedigst mich«, sagte er, während er sich in langsamen, entschlossenen Stößen immer wieder in mir vergrub. »Wie kann ich dich befriedigen? Sag es. Sag, was du willst.«

Ich stand bereits kurz davor, genau an der Kante des Abgrundes. An dem Ort, an dem sich sein Schwanz und mein Körper trafen, wurde ein glühend heißes Feuer geschürt, und ich konnte mich nicht entscheiden, was ich ihm antworten sollte. Er zog das Tempo ein wenig an, und die Worte brachen ungefiltert aus mir heraus, noch bevor ich die Möglichkeit hatte, verängstigt zu sein. »Nimm mich«, stöhnte ich. »Benutze mich.«

Er benötigte nur einen langsamen Stoß, bevor er anfing, mich tief, hart und schnell zu ficken. Als würde sein eigenes Ziel darin bestehen, zur Erlösung zu finden. Er legte eine Hand auf meine Brust und drückte zu. Die Rückseiten meiner Schenkel, wund von dem Spanking, schmerzten und brannten mit jedem Stoß, als seine Haut auf meine traf. Da ich unter ihm lag, in der Falle, als Lustobjekt, verlor ich meine Angst. Mit Jonathan fühlte ich mich sicher. Ich fühlte einen derart vollkommenen Verlust von Kontrolle, eine Kapitulation, die so aufrichtig war, dass es ein dekadentes Vergnügen darstellte.

»Jonathan, ich…« Ich fand keine Worte mehr. Er fickte die

Luft aus mir heraus.

»Komm.« Auch er bekam die Worte kaum heraus. »Ja.«

»Oh…«

Wenn er mir befohlen hätte, ruhig zu sein, hätte ich den Befehl über meinen eigenen Schrei nicht gehört. Der wortlose Laut, nicht einmal als Vokal definiert, schoss vom unteren Ende meiner Wirbelsäule und aus meinem Mund heraus. Die Wände meines Geschlechts zogen sich um seinen Schwanz zusammen, als ich mich krümmte. Er hielt mich fest, bearbeitete mich weiterhin mit seinem Schwanz, als mich eine Serie von Explosionen traf, die sich wie das harte und wiederholte Einschlagen auf ein Schlagzeug anfühlte, bis es von der Reibung und dem Widerstand heiß war.

Immer wieder verließ sein Name meine Lippen. *Jonathan, Jonathan, Jonathan.*

Er verlangsamte sein Tempo und verfiel in einen Rhythmus. Noch war er nicht gekommen, aber ich wollte, dass er kam. Ich wollte seinen Orgasmus auf die gleiche Weise besitzen wie er den meinen.

»Sir«, sagte ich. Er kam mit seinem Gesicht nah an das meine. »Benutze mich für deine Befriedigung. Bitte. Nimm mich.« Gott, zu was war ich geworden? Eine Hure, die bei dem Gedanken seiner unbekannten Pläne lächelte, die einen Hauch von Lust dabei empfand, ihn zufriedenzustellen.

Er küsste mich. Dann streckte er seine Hand aus, um ein Steakmesser von der Arbeitsfläche zu holen. Ich war noch immer außer Atem, als er mich von der Schublade losmachte. Meine Hände waren allerdings noch immer aneinander gefesselt. Er bedachte mich mit einem teuflischen Grinsen, als er aufstand.

»Auf deine Knie, kleine Göttin.« Das schaffte ich nicht mit gefesselten Händen, jedenfalls nicht schnell genug. Er hob mich an meinen Oberarmen hoch. Mein Geschlecht pulsierte, und als ich mich in die kniende Position bewegte, fühlte ich, wie mir warme Flüssigkeit das Bein hinuntertropfte. Er stand vor mir, und sein Schwanz vor meinen Augen, durchtränkt von meinen Körperflüssigkeiten, war mein Master. Er war der

Schmerz zwischen meinen Beinen, die Lust in meinem Bauch, das Kribbeln auf meiner Haut, die vollkommene Verkörperung meiner Befriedigung.

Ich fühlte seine Hand an meinem Hinterkopf. Er packte eine Handvoll meiner Haare und drückte mein Gesicht nach vorn. Ich öffnete meinen Mund, und er bewegte sich, führte seinen feuchten Schwanz in mich hinein. Ich konnte die scharfe Würze meines Geschlechts auf ihm schmecken. Langsam schob er seinen Schaft meinen Rachen hinunter. Er stöhnte und warf seinen Kopf in seinen Nacken. Er nahm die gleiche Position der Kapitulation ein, die ich bereits aus dem Moment kannte, in dem ich seinen Schwanz zum ersten Mal mit meinen Lippen berührt hatte. Ich atmete und nahm ihn in mich auf, langsam. Meine Zunge erkundete ihn. Er zog sich ein wenig aus mir zurück, bevor er sich wieder völlig in mir vergrub, bis meine Nase mit seinem Bauch in Berührung kam. Sein dicker, harter Schaft füllte meinen Mund. Ich stöhnte, und er musste die Vibrationen an seiner Eichel spüren.

»Sieh mich an.«

Ich schwenkte meinen Blick nach oben. Sein Gesicht war verzerrt vor Erregung. Ich lehnte mich zurück, sah ihn auch weiterhin an, als ich seinen Schwanz aus meinem Mund gleiten ließ.

»Ich besitze dich«, sagte er. Er packte meinen Hinterkopf fester, zog so hart an meinen Haaren, dass es schmerzte, bevor er wieder in mich eindrang. Seine Augen schlossen sich fast vollkommen, und er atmete lange aus. »Ah. So ist es richtig. Ich. Besitze. Dich.«

Wir beobachteten uns gegenseitig, als seine Stöße kürzer und langsamer wurden. Ich musste durch meine Nase atmen, mich konzentrieren, um ihn nicht zu verlieren, damit ich nicht meinen Blick abwandte. Ich öffnete mich ihm völlig, als er meinen Mund fickte.

»Monica«, flüsterte er. Seine Augen schlossen sich wieder ein Stück, bevor er erneut flüsterte: »Monica, Monica, ich komme, Baby. Nimm es. Ah.«

Ich nahm ihn tiefer in mich auf, ließ ihn in meiner Kehle

kommen. Die Wurzel seines Schwanzes pulsierte auf meiner Unterlippe.

»Verdammte Scheiße«, hauchte er in einem Gebet, als er sich während des Bittgesuches und der Erlösung vorlehnte. Seine Augen waren geschlossen, und nach dem finalen Ruck in seiner Stimme zog er sich aus mir zurück, der Rest seiner Erektion feucht von Spucke und Sex.

»Wie geht's dir, Sir?« Ich grinste. Er hatte meine Hände gefesselt und den Rhythmus bestimmt, aber sein Orgasmus hatte mir gehört. Wieder griff er nach dem Steakmesser, und ich hielt meine Hände hoch. Nachdem er meine Fesseln durchschnitten hatte, beugte er sich vor, um mich in seine Arme zu nehmen. Er hob mich hoch, und ich wickelte meine Beine um seine Hüfte, legte meinen Kopf auf seine Schulter. Er trug mich aus der Küche, als wäre ich noch ein Kind.

neun

Jonathan

Ich wusste nicht, wie viele Männer sich gleichzeitig auseinander gerissen und ganz fühlten.

Unter ihren Laken, auf meiner Seite, während ich ihr zugewandt lag, war noch immer nicht nah genug. Ich verwob meine Beine mit ihren, berührte ihr Gesicht, als sie redete, und hielt ihre Hand, die auf der Matratze lag.

Als ich sie aus der Küche rausgetragen hatte, hatte ihr gesamter Körper geklebt. Ihr geflochtener Zopf war nur noch ein großer Knoten. Ihre Pobacken waren pink und wund. Ihre Kehle war bedeckt von meinem Orgasmus.

Ich hatte sie direkt ins Badezimmer gebracht, damit wir duschen konnten. Wir seiften uns ein, küssten und lachten, aber sie war erschöpft. Ihre Augen hatten Probleme, offen zu bleiben, und ihre Hände wuschen in schwerfälligen Bewegungen ihren Körper. Als wir fertig waren, wickelte ich sie in ein Handtuch und kämmte ihre Haare. Sie bestand auf einen geflochtenen Zopf, also bewerkstelligte ich einen lockeren, der über ihren Rücken fiel, einfach um fertig zu werden, damit ich sie zum Bett tragen konnte.

»Es tut mir leid, dass ich mit der Erwähnung der Plastikbeutel die Stimmung zerstört habe«, flüsterte sie.

Ich streichelte ihre Wange. »Schon okay. Ich will dich nicht ersticken, Monica. Das liegt ganz weit außerhalb meines Wohlfühlbereiches.«

»Ich hatte Angst.«

»Ich weiß. Und ich will auch nicht, dass du Angst hast.«

»Ich hätte das mit auf die Liste setzen sollen.«

»Wir werden eine neue Liste anfertigen.« Ich berührte ihre Stirn und ließ meine Finger nach unten wandern, wodurch ich sie dazu zwang, ihre Augen zu schließen.

»Du bist mein König, Jonathan.« Sie hatte ihre Augen wieder geöffnet, aber ihre Augenlider wirkten schwer. Ich küsste sie immer und immer wieder, Augenlider, Wangen, Lippen, wieder die Augenlider, und zwang sie damit, diese erneut zu schließen. Als ihre Augen geschlossen blieben, wusste ich, dass sie schlief. Jetzt konnte auch ich zur Ruhe kommen.

Allerdings tat ich das nicht. Ich spielte die Nacht erneut in meinem Kopf ab, während ich aus dem Fenster sah. Hunde bellten. Eine Polizeisirene wurde immer leiser, bevor sie nicht mehr zu hören war. Monica summte im Schlaf, stoppte dann aber. Sie hatte gedacht, dass ich sie ersticken würde. Sie hatte angenommen, dass ich ihr eine Plastiktüte über den Kopf ziehen würde, bis ihr Körper vor panischer Angst anfangen würde zu zucken. Nur für den Nervenkitzel.

Es war klar, dass sie mir noch nicht vertraute. Das würde Zeit und Geduld in Anspruch nehmen. Nichts davon hatte ich seit Jessica einer Frau gegeben, da ich ihr zu viel davon gegeben hatte. Meine Beziehung mit Monica konnte nur in eine Richtung gehen. Ich, entblößt vor ihr, verletzlich, während ich in einem Meeting mit Gesellschaftern zusammenbreche und weinte wie –

Ich konnte mich diesen Gedanken nicht beenden lassen.

Mitten in der Nacht, wenn alle anderen schliefen, passierte es. Ich war noch nie ein guter Schläfer gewesen. Nachdem ich die Pubertät hinter mir gelassen hatte, waren es nie mehr als vier Stunden die Nacht. Geschäftlich in Asien zu tun zu haben, half. Ich konnte Anrufe tätigen und E-Mails schreiben. Viele Frauen ins Bett zu holen, half ein wenig mit den Stimmen in meinem Kopf, aber die Stunden mitten in der Nacht musste ich noch immer allein durchleben. In diesen Momenten wurde ich überwältigt.

Von der Stimme meines Vaters. Die Stimme erzählte mir,

dass die Dinge, die ich getan hatte, nicht mehr rückgängig zu machen waren. Meine Fehler stellten ein Gewicht dar, unter dem ich zusammenbrechen könnte. Es sei denn, ich wäre stark genug, um es anzuheben; aber es konnte nicht abgeschüttelt werden. Jessica zu heiraten, war in der damaligen Situation das einzige gewesen, was ich *richtig* gemacht hatte; jedenfalls war ich davon überzeugt gewesen. Ich hatte es versaut, weil ich versucht hatte, sie in meine sexuellen Fantasien mit einzubeziehen. Hätte ich geschwiegen, mich ihr angepasst, hätte ich glücklich sein können. In der Dunkelheit der Nacht entzweite mich das Bedauern, dass ich meine Bedürfnisse über die Liebe gestellt hatte. Diese Tatsache weidete mich aus und trieb mich in absolute Verzweiflung. Sobald der Morgen anbrach, ruhte die Stimme. Die Folter war ein ewiger Kreislauf. Ich fürchtete mich davor, dass die Sonne am Horizont verschwand.

In dieser Nacht war die Stimme nicht zu hören, lediglich eine summende Warnung. Ich könnte ganz einfach wieder zu diesem Mann werden. Es war nicht sehr viel schwerer, als über eine Erhebung auf dem Bürgersteig zu stolpern oder mich während des Rasierens zu schneiden. Es brauchte einfach nur einen kurzen Aussetzer in der Konzentration, um die Kontrolle zu verlieren. Ich könnte das Gleichgewicht auf dem Drahtseil jederzeit verlieren. Dazu musste ich nur im falschen Moment blinzeln.

Ich zwang mich dazu, meine Augen zu schließen, und lauschte Monicas Atemzügen. Nach einer Weile schlief ich ein.

zehn

Monica

Ich wachte sechzehn Minuten nach fünf Uhr morgens auf, wund am ganzen Körper. Meine Füße schmerzten wegen den High-Heels. Meine Knie, weil ich auf dem Küchenboden gekniet hatte. Meine Muschi, weil ich hart gefickt worden war, zweimal. Mein Hintern von dem Spanking. Meine Titten von den Bissen und der gewalttätigen Behandlung. Ich wollte Jonathan schon wieder. Ich hatte ungefähr einen Zentimeter an meinem Körper, irgendwo, der nicht pulsierte oder wund war. Den musste er finden und ficken.

Aus weiter Entfernung hörte ich seine Stimme, wodurch ich bemerkte, dass er nicht neben mir lag. Er war auf der Veranda, die zur Straße ausgerichtet war, und telefonierte. Nachdem ich das Badezimmer benutzt, mir eine Robe übergezogen hatte und in Slipper geschlüpft war, leistete ich ihm draußen Gesellschaft.

Er saß an dem kleinen Tisch, den ich an der Ecke von Echo Park und Montana gefunden hatte. Sein Ellbogen stützte auf dem Glas, als er etwas in ein Notizbuch schrieb und gleichzeitig auf seinem Handy tippte.

»Guten Morgen«, sagte ich.

Er streckte seine Arme nach mir aus und zog mich auf seinen Schoß. »Guten Morgen.« Ich zuckte, als mein Hintern mit der harten Oberfläche seines Knies in Berührung kam. »Sorry«, sagte er, als er beobachtete, wie ich mich langsam auf ihn herabließ. »Also eigentlich tut es mir nicht leid.«

»Mir auch nicht.« Ich lehnte mich in den Schmerz und saß auf seinem Bein.

»Ich muss in ein paar Tagen nach Washington. Es könnte sein, dass ich für eine Woche weg bin. Ein Kongressabgeordneter von Arkansas will nicht, dass ich im Ausland Hotels baue. Ich habe einen Termin, um seinen Arsch zu küssen.«

Er erzählte mir nicht nur, dass wir für eine kurze Zeit getrennt sein würden. Er entschuldigte sich dafür. Ich küsste ihn lang und hart, vergrub meine Finger in seinen Haaren. »Ich wusste bereits vor unserem ersten Treffen, dass du viel unterwegs bist.«

»Wirst du dafür sorgen, dass du auch ohne mich beschäftigt bist?«, fragte er.

»Nur auf die langweiligste Art und Weise.«

Er schob seine Hand zwischen meine Beine und streichelte die Innenseite meiner Schenkel. »Was wirst du tun?«

»Ich werde dich abends anrufen«, flüsterte ich.

»Was noch?« Seine Fingerspitzen berührten mein Geschlecht kaum spürbar, wie eine Drohung auf mehr.

»Ich werde dir immer schreiben, wenn ich an dich denken muss. Also ständig.« Ich spreizte meine Beine noch weiter auseinander.

»Ah ja.«

»Ich werde arbeiten.«

»Ja.« Er atmete an meinem Nacken, und seine Finger standen kurz davor, die Entdeckung zu machen, dass ich wund, feucht und bereit war.

»Außerdem muss ich an dem Projekt für B.C. Mod arbeiten. Wir liegen im Zeitplan sehr weit zurück.«

Seine Hand stillte. »Während ich weg bin?«

Ich verzog das Gesicht zu einer Grimasse. Scheiße. »Du bist oft weg. Soll ich mit dem Arbeiten etwa ganz aufhören?«

»Vielleicht sollte ich dich einfach überall mit hinnehmen.«

Ich stand auf und ließ mich in den anderen Stuhl fallen.

»Denkst du etwa, dass ich fortrenne und sofort jemand anderen ficke, sobald du mir deinen Rücken zudrehst? Für was für eine Person hältst du mich eigentlich?«

Er stützte seine Ellbogen auf den Stuhllehnen ab und rieb

sich die Augen. Ich hatte eine innere, kochend heiße Wut, die nur abkühlte, weil ich mir in Erinnerung rief, was ihm seine Frau angetan hatte. Er brauchte Beschwichtigung und keine Abwehrhaltung. Auch wenn er mich vielleicht nicht liebte und nicht lieben konnte, war es doch kindisch zu denken, dass er keine Gefühle hatte oder keine Lasten mit sich umhertrug.

Er sagte: »Ich vertraue dir. Aber *ihm* vertraue ich nicht.«

Ich lehnte mich vor und ließ meine Stimme sanfter klingen. »Das könnte sich für mich als sehr bedeutend herausstellen. Kevin ist sehr wichtig —«

»Ich will diesen Namen nicht hören.«

»Wie sollen wir dann darüber reden? Also, du vertraust mir, aber ihm vertraust du nicht. Denkst du etwa, dass er mich vergewaltigen wird?« Ich schlug meine Beine übereinander.

Er schwieg für einen langen Moment, während er mich ansah. Ich würde zwei Wochen meines Trinkgelds darauf verwetten, dass er gerade entschied, ob er etwas sagen sollte oder nicht, ob er eine Information preisgeben sollte, aber er wandte den Blick ab und sah auf das Notizbuch. »Denkst du, dass sein Kunstwerk aus der Eclipse-Show irgendetwas darüber aussagt, wie er dich behandeln wird?«

»Er ist Kevin Wainwright. Er startet mit einer offensichtlichen Emotion, dann wird er kalt, bevor er das, was er nicht gebrauchen kann, in die Tonne haut. Was ich über das Kunstwerk denke? Ich habe die dazugehörige Dokumentierung nicht gesehen, aber ich nehme an, dass jemand einen Haufen Zeichnungen gekauft hat, die eine dunkelhaarige Frau zeigen, aus der die Scheiße herausgeprügelt wird.«

»Wie geht er dieses Projekt mit dir an? Wie sehen die vorläufigen Dokumentationen aus?«

Seine Augen wandten sich nicht von mir ab. Er musste also meine Reaktion gesehen haben. Meine Ohren wurden heiß und meine Arme spannten sich an, denn Kevins Studio war mit vulgären Zeichnungen zum Thema Sex angefüllt gewesen. War das der Plan für unsere Zusammenarbeit? Wir hatten über Liebe und Sex gesprochen, über den Schnittpunkt dieser beiden Themen. War ich naiv und dumm an die Sache rangegangen?

»Du kannst dich bei meiner Arbeit nicht einmischen, Jonathan.«

»Er will dir wehtun, Monica.«

»Er weiß nicht wie.«

»Da liegst du falsch. Sehr falsch.«

Nun verschränkte ich auch meine Arme. »Gibt es etwas, das du mir erzählen möchtest?«

Er schluckte, beobachtete mich wieder. Ich erwiderte seinen Blick. Die Anspannung brachte mein Herz zum Pochen und meine Handflächen zum Schwitzen. Mein Nacken war von Gänsehaut überzogen, aber ich würde nicht nachgeben.

»Ich muss dir tatsächlich etwas sagen«, sagte er.

»Okay.«

»Wenn ich sage, dass ich dich besitze, bedeutet das mehr, als du vielleicht denkst. Es bedeutet nicht, dass du nicht dein eigenes Leben haben kannst, oder dass du ein Gegenstand bist, den ich wegwerfen kann, sobald ich mich mit dir langweile. Es bedeutet, dass ich für dein Wohlbefinden verantwortlich bin. Wenn ich sehe, dass deine Gesundheit oder Glückseligkeit in Gefahr sein könnte, werde ich mich einmischen, um dich zu beschützen, auch wenn dir das nicht gefallen sollte.«

Diese Worte, so kalt und pragmatisch, ohne eine schmückende Redewendung oder Überspitzung, führten dazu, dass meine Unterlippe zu beben anfing und sich in meinen Augen ein schwellender, nasser Druck ansammelte. Scheiße.

»Du kannst mich nicht von meiner Arbeit abhalten«, sagte ich, atmete schwer, während ich versuchte, die Tränen zu vergessen, die sich bereits androhten. »Du hast mein Wort. Ich gehöre dir. Du bist der einzige Mann, den ich will. Ich weiß, was dir passiert ist —«

»Monica, du verstehst nicht, was ich versuche, dir zu erklären.«

»Ich verstehe dich sehr gut. Du denkst, dass Kevin mich verletzten möchte, und ich sage dir, dass er mich nur verletzen könnte, wenn ich ihm meinen Körper überlassen würde. Das werde ich allerdings nicht tun.«

Er lehnte sich nach vorn, als würde er mich berühren wollen, aber das würde er nicht tun. »Du hast selbst gesagt, dass er verletzend sein kann, sich dann kalt verhält, bevor er an seinem Projekt arbeitet. Vielleicht bist du dieses Projekt.«

Ich beobachtete, wie meine Finger nervöse Bewegungen vollzogen. »Ich kann meine Karriere nicht wegen ein paar ‚Vielleichts‘ beenden.« Meine Augen fanden wieder die seinen. »Wenn ich sage, dass du ein König bist, dann meine ich das auch so. Du beherrschst die Welt. Du hast alles. Du kannst machen, was du willst. Ich bin niemand. Ich habe nichts, das ich mein Eigen nennen kann. Ich könnte morgen sterben, und nächstes Jahr würde sich niemand mehr an mich erinnern. Wie bei Gabby. Wenn ich ihre Musik nicht produziere, würde sie in Vergessenheit geraten, und wenn ich dir gestatte, mich davon abzuhalten, etwas zu hinterlassen, dann werde auch ich in Vergessenheit geraten.«

Ich heulte bereits, schniefte und ließ den großen, nassen Tränen freien Lauf. Er hob seinen Arm zur Innentasche seiner Jacke, und ich wusste, dass er eines seiner teuren Taschentücher herausziehen würde. Ich hasste, dass dies bereits das zweite Mal war, dass ich vor ihm weinte. Eigentlich machte ich das Weinen nicht zur Gewohnheit. Ich hasste es. Ich fand darin keine Erlösung, nur gerötete Augen und Scham. Ich umfasste seine Hand, bevor sie seine Jackentasche verlassen konnte. »Lass mein blödes Geheule nicht zwischen das kommen, was du mir sagen wolltest.«

»Ich wollte nur ‚Schnäuzen‘ sagen.«

»Nicht nötig.« Ich räusperte mich, legte meinen Kopf in den Nacken und presste meine Finger in die Augenwinkel. Dann lächelte ich ihn mit meinem Kundendienstlächeln an. »Siehst du? Alles gut.«

Er umfasste meine Handgelenke und zog mich zu sich, hob mich auf seinen Schoß und legte meine Arme um seinen Nacken. »Du denkst wirklich, dass ich dich so einfach vergessen könnte?«, sagte er, sein Gesicht so nah, dass ich die blauen Tupfer in seinen grünen Augen sehen konnte.

»L.A. hat viele hübsche Mädchen. Du wirst eine andere finden.« Er machte den Mund auf, um etwas zu sagen. Etwas Belangloses, eine gehaltvolle Beschwichtigung, die mich noch unbedeutender fühlen lassen würde. Ich legte meine Finger auf seine Lippen, bevor er auch nur ein Wort herausbringen konnte, und flüsterte: »Shh, sei artig.«

Er lächelte unter meinen Fingern, dann küsste er sie. »Wie geraten alle in Vergessenheit. Jeder von uns. Auch Künstler und reiche Männer. Irgendwann trifft es uns alle.«

»Meine Stimme könnte überleben.«

»Aber mit welcher Bedeutung? Dieser Moment hier? Auf dieser kleinen Veranda? Das macht uns zu dem, was uns ausmacht, und in einer Woche ist es nur noch eine Erinnerung. In einem Jahr... ist der Moment vergessen, und alles wird anders sein.«

»Bist du ein Nihilist, Jonathan?« Ich streichelte über die Haare auf seiner Wange, als ich ihn mit meinem Ton neckte.

»Ich glaube an viele Dinge. An dich zum Beispiel. An deine Loyalität zu deiner Freundin. Die Art und Weise, in der du dich um sie gekümmert hast und dich noch immer um sie kümmerst.« Er küsste mich auf die Lippen und hielt sein Gesicht so nah an meinem, dass ich seinen Atem spüren konnte. »Wirst du mir erlauben, mich um dich zu kümmern?«

»In gewissem Maß.«

»Ich will deinen Kühlschrank mit Lebensmitteln auffüllen.«

»Nein.«

»Dein Türriegel ist kaputt. An dem Tag, an dem ich gesagt habe, dass die Tür offen war, war sie das nicht. Ich habe das Türriegelschloss mit meiner Kreditkarte geöffnet. Der Türriegel war nicht einmal richtig eingestellt.«

»Ich werde das reparieren.«

»Ich werde jemanden kommen lassen.« Seine Finger fanden erneut ihren Weg zwischen meine Beine, streichelten die Innenseite meiner Schenkel.

»Jonathan, ich habe das Teil auch das erste Mal eingestellt. Ich kann es wieder machen.«

»Oh, ist das der Grund, warum es so gut funktioniert?« Ich

spitzte meine Lippen. Er nahm meine Hand von seiner Wange und hielt sie fest. »Ich zweifle nicht deine Kompetenz an, aber ich glaube nicht, dass du dich selbst dadurch definierst, ob du ein Türriegelschloss einbauen kannst. Oder hast du vor, die erste singende Schlosserin in L.A. zu werden?«

Ich legte meinen Kopf auf seine Schulter. »Na gut. Ich erlaube dir, dass mich jemand wegschließen darf.«

»An allen Türen.« Seine Fingerspitzen fanden den Ort zwischen meinen Beinen, an dem sich die Feuchtigkeit als Erwiderung zu seiner Berührung und dem Atem in meinem Nacken angesammelt hatte.

Ich seufzte. »Wenn dich das glücklich macht.«

»Es würde meinen Missmut in Schach halten.« Er ließ einen Finger durch meine Spalte und über meine Klitoris gleiten. Mein Atem stockte, als ich spürte, wie wund ich war, aber auch vor Lust. »Öffne dich für mich.«

»Schon wieder?«, murmelte ich.

»Ja.«

Wir änderten unsere Positionen, bis ihm mein Rücken zugewandt war. Er befreite seine Länge mit einem metallischen Klicken der Gürtelschnalle und dem Schnurren des Reißverschlusses. Ich legte meine Hände auf den Tisch, als er um mich herum griff, um meine Beine weiter auseinanderzuspreizen.

»Weiter«, sagte er. »Ich will, dass du mich spürst.« Er spreizte meine Beine, bis es schmerzte, bevor er mir die Robe auszog. Erneut fand ich mich nackt vor, während er noch immer bekleidet war. Entblößt, verletzlich vor ihm. Sein Schwanz rollte über meinen Arsch und fand die Quelle meiner Feuchtigkeit. Ich presste mein Gewicht dagegen und stöhnte, als ich feststellte, wie tief er sich in mir vergrub, wie mein wundes Fleisch brannte und sich die Haut meines Geschlechts misshandelt und geliebt anfühlte.

Unsere Hände trafen sich zwischen den Beinen, tasteten nach dem Ort, an dem wir Eins wurden. Wir berührten abwechselnd meine Klitoris, streichelten seinen Schaft, sobald er zum Vorschein kam und fühlten dann, wie er wieder in meinen Körper glitt. Ich rieb seine Hoden durch die Kleidung hindurch. Unsere Hände waren einfach überall, Finger kneteten, Handflächen streichelten. Er ließ seine feuchte Hand meinen Bauch nach oben wandern, um meine Brust zu umfassen, kniff meinen Nippel zwischen Daumen- und Zeigefinger. Bei ihm ließ ich mich gehen, war verrückt, ein unendlicher Kreislauf von Sehnsucht und Lust. Er zog mich an sich, bis mein Hinterkopf auf seiner Schulter lag. Dann flüsterte er mir ins Ohr: »Du gehörst mir, Göttin.«

Ich stöhnte. Ich stand kurz davor, eingehüllt in ein Netz aus Händen und Feuchtigkeit und pulsierendem Schwanz, der sich in mir bewegte.

»Ganz allein mir«, sagte er, als er meine Hand an die Stelle presste, an der wir verschmolzen, an der sein Schwanz über feuchtes Fleisch glitt.

»Das sind wir zusammen. Ich besitze es. Dieser Körper ist mein Spielzeug. Dein Verlangen gehört mir. Deine Sehnsucht gehört mir. Deine schmutzigen Gedanken gehören mir.«

»Ich komme gleich.«

»Sag es.«

Ich war so nah, aber ich wollte es sagen, bevor ich explodierte. Ich drehte meinen Kopf, um meine Lippen nah an sein Ohr zu bringen. »Ich gehöre dir. Meine Lust gehört dir. Meine feuchte Fotze gehört dir. Du besitzt mich, Jonathan. Du bist der Master meiner Ficks.«

»Heilige Scheiße, du bist nicht von dieser Welt.«

Er stieß mit seinen Hüften nach oben. Ich setzte mich aufrecht hin und kam seinen Bewegungen Stoß für Stoß entgegen. Ich schob eine Hand zwischen meine Beine, die Handfläche rieb gleichzeitig über seinen Schaft und meine Klitoris. Es war wunderschön, durchtränkt, urtümlich, himmlisch, berauschend. Ich ließ mich auf ihn herabfallen, nahm ihn tief in mich auf, als ich stöhnte und meinen Orgasmus an der Wurzel seines Schwanzes rieb. Ich lehnte meinen Körper nach vorn, bog mich wie eine Sprungfeder, bevor ich mich begleitet von einem Schrei wieder entspannte.

Einige wenige ausklingende Bewegungen und dann fühlte

ich, wie sich seine Hände an meinen Hüften anspannten. Er packte nach meinem Fleisch und krallte sich fest. Er hatte es geschafft. Er hatte den Ort gefunden, an dem ich nicht wund war, und ihn büßen lassen. Er hob mich hoch und runter, führte mich mit allmählich abnehmender Sanftheit.

Er stöhnte. Mit einem finalen Stoß, presste er meine Hüften nach unten, und als er sich in mir ergoss, flüsterte er: »Monica, Monica, Monica.«

elf

Jonathan

Ich hatte kein gutes Gefühl. Es hatte nicht direkt etwas damit zu tun, dass ich sie verließ, um nach Washington D.C. zu fliegen. Es ging darum, wie oft ich weg ging und auch weg blieb. Ich vertraute ihren Absichten, aber ich vertraute ihr nicht, wenn es darum ging, vernünftige Entscheidungen zu treffen. Sie hatte gerade zugegeben, dass Kevin rachsüchtige Gedanken ihr gegenüber hatte, und sie lediglich als Teil seines künstlerischen Prozesses abgetan.

Ich wunderte mich, ob sie von einer tollwütigen Ratte gebissen worden war. Wenn sie erwartete, dass Darren sie beschützen würde, dann war diese Angelegenheit eine Nummer zu groß für sie. Er war eine Mutterhenne. Er würde sie ins Bettchen bringen und ihr Suppe servieren, wenn sie krank war. Wenn Kevin allerdings mit diesen abartigen Dingen starten würde, die ich in den Zeichnungen gesehen hatte, dann wäre Darren nutzlos.

Allerdings fühlte ich mich auch nicht besonders nützlich.

Vor allem weil ich bereits plante, was ich mit ihr anstellen wollte, sobald ich sie wieder sehen würde, kaum dass ich auf den Freeway 101 einbog und bereits zu weit von ihr entfernt war, um wieder umzudrehen. Nichts, abgesehen von den Momenten mit ihr, beschäftigte mich. Ich wollte sie bereits jetzt schon wieder schmecken, ihre Beine um meine Hüften spüren und ihre kleinen Seufzer hören. Ich wollte in Aktion treten. Irgendetwas tun. Eine Geste, die sie mir näher bringen würde. Etwas, das sie an mich binden würde, auch wenn ich nicht bei ihr sein sollte.

Ich war gierig, wenn es darum ging, wie sehr ich sie vermisste. Ich wollte mehr. Mehr Zeit. Mehr Sex. Mehr Lachen. Ich fragte mich, ob alle meine Schwestern sie mögen würden. Wie jede einzelne auf Monica reagieren würde. Fünf der sieben würden sie lieben, und dieser Gedanke wärmte mir das Herz. Diese Wärme, anstatt mir Trost zu spenden, wuchs zu einem schmerzhaften Brennen. Ich hatte meinen Verstand wandern lassen. Ich hatte seit letzter Nacht etwas geschehen lassen, als ich ihre Augenlider geküsst hatte. Es war mein Recht, sie zu beschützen und mich um sie zu kümmern. Eine Verantwortung, die ich genoss.

zwölf

Monica

Jonathan hatte erst vor ein paar Stunden das Haus verlassen, und ich war wieder zurück ins Bett gegangen. Ein Brummen in der Einfahrt weckte mich früh um acht Uhr auf. Es klang wie eine furzende Tuba, die im Schrank gespielt wurde. Ich sah aus dem Fenster. Ein Ford Pick-up, so lang wie ein Bus, bog in meine Einfahrt und blockierte den Zugang zu meinem Auto.

Ich warf die Klamotten von der letzten Nacht über und rannte auf die Veranda. Er stand genau vor meiner Tür, als ich diese öffnete. Ein Meter fünfundneunzig. Eine solide Wand aus Muskeln mit einem Gesicht, das zu der Form passte, und blonden Haaren, die so aussahen, als hätten sie bereits einen vollen Arbeitstag hinter sich.

»Dr. Thorensen wohnt nebenan«, sagte ich.

»Ich bin wegen dem Faulkner Wohnsitz hier.«

Ich sah auf sein Poloshirt. Das Logo auf der Brust lautete *Die Fundament Jungs,* und der Name DAVE war darüber eingestickt worden. Jonathan hatte gesagt, dass er Jungs für diesen Job hatte.

»Ich habe Sie nicht so früh erwartet«, sagte ich.

»Ja, na ja, das Geschäft lief in letzter Zeit nicht so besonders. Aber egal, ich bin hier, um mir alles anzusehen. Mir ein Bild von der Situation zu machen.«

»Ja, na ja, ich muss zur Arbeit. Brauchen Sie mich?«

»Nö, nur den Bereich unter dem Haus, unter den ich kriechen muss. Haben Sie einen Hund oder so? Der mich beißen könnte?«

»Nein, aber ich beiße Sie, falls ich zu spät zur Arbeit kommen sollte. Ich muss den Honda aus der Einfahrt bekommen.«

Er lachte und rannte zu seinem Truck, als ich die Tür schloss, um mich fertigzumachen. Sobald ich aus der Dusche kam, hörte ich Geräusche aus Gabbys Zimmer. Auf Zehenspitzen ging ich zur Tür und fand Darren, wie er Stapel des *Hollywood Reporters* neu positionierte und umstapelte.

»Mon«, sagte er, und zeigte auf das Handtuch um meinem Körper, »ich bin immer noch ein Mann, okay?«

»Du könntest anklopfen.«

»Das könnte ich, wenn ich das Bedürfnis dazu verspüren würde, eine halbe Stunde auf deiner Veranda zu warten.«

»Ich meine es ernst. Ich habe einen Freund, und du könntest hereinlaufen, während wir Gott weiß was anstellen.«

»Ah, richtig. Bleib pervers, Monica. Bleib pervers«, sagte er lächelnd. Ich zerrte das Handtuch von meinem Kopf und machte damit eine peitschende Bewegung in seine Richtung. »Neuer Trick?«

Wieder peitschte ich damit, und er griff danach. Ich konnte es nicht zurückholen, weil ich das Handtuch um meinen Körper mit meiner anderen Hand festhalten musste.

»Kannst du dich bitte anziehen?« Darren warf mir das Handtuch zu.

Ich rannte in mein Zimmer und hörte ihn durch die Wand, als ich in eine Jeans und ein T-Shirt hüpfte. Als ich wieder in Gabbys Zimmer kam, sortierte er abwesend durch braune Briefumschläge, als würde er überlegen, was er mit dem Stapel an sich anstellen sollte. Er schien nicht darüber nachzudenken, ob er die individuellen Dokumente, die sich darin befanden, behalten sollte oder nicht.

»Was hat das mit den Arbeitern zu bedeuten?«, fragte er.

»Mein Fundament ist am Abrutschen. Also eigentlich *ist* es das bereits.«

»Nicht wirklich überraschend. Wie wirst du für die Reparatur aufkommen?«

Als ich nicht antwortete, wedelte er seine Hand umher,

während er so aussah, als würde er eine Flut von Anschuldigungen zurückhalten.

»Können wir mit dem Streiten aufhören?«, sagte ich.

»Was meinst du? Wer streitet sich? Redest du von der Sache auf dem Parkplatz?«

»Ja.«

»Ich dachte, das wäre eine Art Vorspiel für dich.« Auch wenn seine Worte scherzhaft wirkten, schwang in seiner Stimme ein ernster Unterton mit.

Ich fühlte einen Schauder, der sich zu Hitze umwandelte und meine Wangen rot färbte. Ich wollte nicht, dass er es wusste. Niemand sollte es wissen. Er musste sich vorgestellt haben, wie ich gefesselt und geknebelt war. So wie das Mädchen über der Bar, mit einem feuchten Höschen und Sperma, das aus ihrem Mund tropfte. Würde er Augenkontakt mit mir vermeiden? Würde ich für alle Zeiten denken, dass er weniger von mir hielt?

Ich wechselte das Thema, zeigte auf die Zeitungsstapel und Umschläge. »Wir sollten entweder alles wegwerfen oder alles behalten. Durch die Sachen zu sehen, wird dich einfach nur traurig machen.«

»Sie hat mit diesen Dingen so viel Zeit verbracht. Es fühlt sich falsch an, die Sachen einfach wegzuschmeißen.«

»Es fühlt sich nicht falsch an«, sagte ich. »Es fühlt sich *zu* einfach an. Wie ein schneller Zug der Reue.«

»Wertlos. Alles würde sich wertlos anfühlen.«

»Es ist nicht dasselbe. *Sie* werfen wir nicht in den Müll.« Ich sortierte durch verschiedene Stapel, ohne groß nachzudenken. Einige Umschläge waren dicker als andere. Auf einigen befanden sich Skizzen mit Familienstammbäumen und wie Leute miteinander in Beziehung standen. Andere waren so dünn, dass sie nicht sehr viel mehr als eine Idee beinhalten konnten. »Ich vermisse sie. Ich denke ständig an sie. Ich hätte sie anrufen sollen, als das Aufnahmestudio gewechselt wurde. Ich hätte diese Probeaufnahme nicht ohne sie machen sollen. Es tut mir leid, Darren. Es tut mir so leid. Ich habe das Gefühl, dass ich dir deine Schwester weggenommen habe.« Ich konnte ihn nicht ansehen, nur den unendlichen Stapel von Umschlägen, den sie als ihr Vermächtnis zurückgelassen hatte.

»Es war nicht deine Schuld, Monica. Es war ein unglücklicher Unfall.«

»Nein, das stimmt nicht. Hör auf, mich zu verteidigen. Sie hat sich umgebracht, weil sie ausgeschlossen wurde. Du weißt es und ich weiß es.«

»Nein, tust du nicht«, sagte er mit angehobener Stimme und einem Finger, den er auf mich richtete. »Da existieren zwei mögliche Szenarien, und du wählst das Szenario, mit dem du dich schuldig fühlst? Sorry, aber nein. Du willst dich während dem Sex schlagen lassen, das ist okay, aber dieser emotionale Masochismus ist totaler Schwachsinn.«

»Sie hat sich umgebracht, egal ob ich dafür die Verantwortung übernehme oder nicht«, schrie ich zurück.

»Nein. Das. Hat. Sie. Nicht.« Darren presste seine Zähne aufeinander. Wenn ich die Verantwortung übernehmen würde, müsste er das auch tun. Dafür, dass er sie nicht im Auge behalten, dass er nicht besser auf sie geachtet, dass er nicht ihre Medikamente gezählt hatte. Der Kreislauf, sich selbst die Schuld zu geben, würde niemals aufhören.

»Fein«, sagte ich. »Es war ein abgefuckter Unfall. Trotzdem tut es mir leid.«

»Mir auch.«

Wir waren uns bei allem einig und auch wieder nicht, als wir uns die Inhalte der Umschläge ansahen, als würden wir mehr machen, als das zu berühren, was sie berührt hatte, damit wir mit unseren Erinnerungen kommunizieren konnten.

»Ich kann die Sachen in meine Wohnung bringen«, sagte er. »Das Zimmer ausräumen. Du brauchst einen neuen Mitbewohner.«

Daran hatte ich noch gar nicht gedacht. Ich bezahlte Rechnungen wie ein Roboter. Da sie von meinem Girokonto abgingen, hatte ich nicht das Gefühl, dass sich etwas verändert hatte. Aber dieses Konto würde ohne Hilfe keinen weiteren Monat überleben.

Ich realisierte, dass ich den Raum nicht geleert haben

wollte. Ich wollte nicht, dass jemand anderes in diesem Zimmer wohnte. Niemand sonst gehörte zu meiner Familie. Ich wollte nicht, dass auch nur ein Schnipsel entfernt wurde, bis ich dazu bereit war. Und bisher war ich das noch nicht. »Wie viel bezahlst du für deine Wohnung die Straße runter?«

»Nicht sehr viel. Warum? Willst du einziehen?«

»Wohne hier. Mit mir.«

»Hier? In diesem Zimmer?«

»Du kannst mein Zimmer haben. Oder das Wohnzimmer. Ich könnte die Garage ausräumen.« Es schien die logischste Sache auf der Welt zu sein. Wir würden zusammenbleiben. Das wollte ich so sehr, dass ein Messer der Besorgnis durch meine Brust stach.

Er kramte durch Dokumente, als ob er mich nicht ansehen wollte. »Was würde dein Freund dazu sagen?«

»Ist mir egal.«

»Frag ihn erst.«

»Ich muss nicht um Erlaubnis fragen, um mein Leben zu leben, Darren.«

»Es geht hier nicht um eine Erlaubnis. Das gehört zum Anstand. Echt jetzt.« Er sah mich aus den Augenwinkeln an. »Du und ich waren intim miteinander, falls du das vergessen haben solltest. Kerle haben damit ein Problem. Vertrau mir. Ich würde gerne einziehen, aber nicht wenn ich damit zerstöre, was ihr beiden miteinander habt. Nicht, dass ich es verstehe.«

»Na gut.« Ich streckte meine Arme aus und realisierte zu spät, dass meine Handgelenke von der Reibung gegen die Plastiktüten, als ich an dem Schubladengriff gefesselt war, grün und blau waren.

»Heilige Scheiße, Monica«, flüsterte er.

Noch bevor ich darüber nachdenken konnte, versteckte ich sie hinter meinem Rücken. Wie dämlich. Ich war der Grund für meine eigene Scham. »Es ist keine große Sache.«

Er streckte seine Hände aus. »Kann ich es noch einmal sehen?«

»Nein.«

»Bitte? Ich werde dir keine Probleme machen.« Als ich

mich nicht bewegte, sagte er: »Ich verspreche es dir.«

Ich legte meine Hände in seine. Er drehte sie herum, begutachtete die Verletzungen. Ich konnte ihn nicht ansehen. Ich wusste, was ich in seinem Gesicht finden würde und was er gerade dachte. Es wäre nicht sehr weit von der Wahrheit entfernt. Ich, nackt auf dem Boden. Knie in der Luft. Hände gefesselt, mich gegen die Einschränkungen wehrend. Füge die Dunkelheit hinzu, die in Darrens Vorstellungskraft herrschte, in der ich wahrscheinlich gewürgt, geschlagen und mit der Faust gefickt wurde… Jeder Akt, der zu krank war, um ihn auszuführen, zu abartig, um überhaupt daran zu denken, hatte einen Umriss, eine Stimme, und sie sahen aus und klangen wie ich.

»Haben wir ein Problem?«, fragte ich.

Er ließ meine Hände los. »Es stellt für mich kein Problem dar, wenn es auch für dich keins ist.«

»Bist du dir sicher?«

»Sicher? Nein. Aber nah genug dran.«

Ich legte meine Arme um seine Schultern und krallte mich an ihm fest. Er wiegte mich vor und zurück und gab mir einen dicken, harten Kuss auf die Wange. Ich hörte ein Klopfen an der Tür und zog mich zurück, um hinzugehen. Ich blickte aus dem Fenster und sah eine grundsolide Frau in den Fünfzigern, die eine gebrauchte Ledertasche in der Hand hielt.

»Hi«, sagte ich, als ich die Tür öffnete. »Sie müssen die Schlosserin sein.«

»Das bin ich. Benita heiße ich.«

Ich ließ sie rein. »Okay, gut, dieser Türriegel wurde nicht richtig eingebaut, also wäre es toll, wenn Sie das reparieren könnten.«

Sie spielte an dem Schloss herum. »Also eigentlich wurde mir gesagt, dass ich die Schlösser mit Kleigs ersetzen soll.«

Mein Gesichtsausdruck verhärtete sich. Ich konnte mir Kleigs natürlich nicht leisten, trotzdem stimmte ich zu. »Ich habe drei Türen. Hinten, vorne und eine an der Seite des Hauses.«

»Kein Problem. Ich werde auch einen Blick auf die Fenster

werfen.«

Hatte es irgendeinen Sinn, das mit ihr diskutieren zu wollen? Schließlich machte sie nur ihren Job.

»Okay. Ich muss zur Arbeit. Sie brauchen mich hier doch nicht, oder?«

»Nein, nur Ihren Schlüssel. Ich lasse ihn und die neuen in einem Schließfach am Eingang. Der Code ist 987. Alles, was Sie wissen müssen.« Sie gab mir ihre Visitenkarte und ich sah, wie sich ihre Augen weiteten, als sie meine Handgelenke sah.

Ich bedankte mich bei ihr und rannte zurück in mein Zimmer. Ich bemerkte meine Handgelenke, als ich Ringe auf meine Finger steckte. Das würde nicht funktionieren. Ich sah aus, als hätte ich mich in einem Geiseldrama befunden. Ich legte Armbänder an, um die blauen Flecken zu bedecken. Ich würde ein stabileres Paar brauchen, das nicht bei jeder Bewegung umherrutschte. Jedes Mal, wenn ich ein Tablett anhob, würden die Armbänder rutschen und die Aktivitäten, denen ich über das Wochenende nachgegangen war, aufdecken.

Genau das passierte auch. Ich war seit dreißig Minuten bei der Arbeit, als es Debbie auffiel. Sie schnippte gegen die Armbänder. Dann sah sie mich an, als ich zum wiederholten Mal an die Bar kam.

»Wie geht's dir?«, fragte sie. Ich wusste genau, was sie meinte.

»Sehr gut, danke.« Ich war mir ziemlich sicher, dass ich rot wurde, als ich meine leeren Gläser abstellte, damit sie abgewaschen werden konnten. Sie lächelte mich an, bevor sie ein Stockwerk nach unten ging.

Ich bediente ein paar Tische, tauschte spitze Bemerkungen mit Robert aus, während ich ein geradezu unmögliches Lächeln auf den Lippen trug, das wahrscheinlich das genaue Gegenteil zu dem unechten Lächeln war, das ich sonst immer auf dem Gesicht hatte. Debbie erwischte mich, als ich gerade auf dem Weg zur Toilette war, und überreichte mir ein schwarzes Samttäschchen mit einer Kordel.

»Mach die dran.« Sie verschwand, als hätte sie Wichtigeres

zu tun, als eine Erklärung abzugeben.

Als ich im Badezimmer ankam, öffnete ich das Täschchen. Im Inneren befanden sich zwei Armbänder, bei denen es sich eher um Metallfesseln aus gehämmertem Silber handelte. Fünf Zentimeter breit, mit roten, eingefassten Steinen. Sie sahen schwer aus, waren es aber nicht. Als ich sie anlegte, blieben sie an Ort und Stelle, wenn ich meinen Arm bewegte.

»Ja, also das war eine Andeutung, die ich verstanden habe«, sagte ich zu Debbie, sobald ich sie sah.

»Ich kann Kunden nicht glauben lassen, dass wir dich im Keller anbinden.«

»Vielen Dank.«

»Bist du glücklich?« Sie wies auf die Armbänder, aber ich wusste, dass sie von den blauen Flecken darunter sprach. »Ist es gut für dich?«

Debbie kannte Jonathan, und an ihre Stimme erkannte ich, dass sie eine Art Domina war. Ich wusste, dass sie es wusste, wenn auch keine Einzelheiten, aber auf jeden Fall in groben Zügen. Das Wort »unangebracht« war noch ein zu harmloses Wort, um zu beschreiben, wie ich mich fühlte, wenn meine Beziehung mit Jonathan vor Debbie zur Sprache kam.

»Währenddessen fühle ich mich sehr wohl. Aber wenn ich in anderen Momenten darüber nachdenke, dann habe ich das Gefühl, dass ich mich schämen sollte. Als Frau. Es tut mir leid. Ich bin…« Ich war zu weit gegangen.

»Es muss dir nicht leid tun. Du bist, was du bist. Du musst dich dafür weder bei mir noch bei jemand anderem entschuldigen. Und schon gar nicht bei dir. Auch nicht beim Feminismus. Diese Bewegung kommt mit dem, was du im Privaten machst, ganz gut klar. Und jetzt mach dich wieder auf die Fläche.«

»Okay.« Ich machte mich wieder an meinen Job.

Als ich an diesem Nachmittag nach Hause kam, stand die Straße mit geparkten Autos voll, und auch der Fundament-Typ stand noch immer in meiner Einfahrt. Ich hatte keine andere Möglichkeit. Ich fand einen Parkplatz weiter unten und lief dann den Hügel hoch, während ich die ganze Zeit über wünschte, dass ich mich heute Morgen für Sneakers entschieden hätte. In der Höhe meines Hauses überquerte ich die Straße, vorbei an einem grünen Minivan. Ich lebte in einer kleinen Nachbarschaft und kannte die meisten Autos, aber manchmal parkte ein fremdes Auto in der Nähe, wenn der Parkplatz des Coffeeshops zu voll wurde. Der Minivan hätte mich nicht irritieren oder zu hochgezogenen Augenbrauen führen sollen. Trotzdem sah ich ihn mir genauer an. Nur einen kurzen Blick. Hinter dem Beifahrerfenster, nah an der Seite, sah ich einen gläsernen Kreis inmitten eines größeren. Das Nachmittagslicht musste meinen Sinnen einen Streich spielen. Warum sollte eine Kameralinse auf meine Eingangstür gerichtet sein?

Ich warf einen Blick ins Auto. Ein Kabel führte zu der Linse der Kamera, die wie eine Webcam aussah, und ein rotes Licht blinkte am unteren Ende des Kabels.

Das war nicht in Ordnung.

Was versuchte er damit zu erreichen? Sicherstellen, dass ich nicht den Fundament-Kerl ficke? Ob Kevin zum Haus kommt? Ich stapfte über die Straße; mit jedem Schritt wurde ich wütender. Eine Kamera stellte meine Gesundheit und Glückseligkeit nicht sicher. Es war gruselige Stalker-Scheiße. Ich fand meine Schlüssel im Schließfach, bevor ich mich daran erinnerte, wer dafür bezahlt hatte.

Einfach großartig. Er würde die Schlüssel wahrscheinlich von Benita ausgehändigt bekommen. Ich würde sie anrufen müssen, damit sie alles wieder entfernen könnte, damit ich mir einen neuen Schlosser besorgen konnte. Jemanden, den ich anheuern würde, um neue Schlösser eingebaut zu bekommen. Wie nervig.

Ich nahm die Schlagsahne aus dem Kühlschrank.

Arschloch.

Ich konnte keinen klaren Gedanken fassen. Ich kochte vor Wut, von meinem Inneren bis hin zu meinen Fingerspitzen, als ich wieder über die Straße stapfte und das ganze Beifahrerfenster des Minivans mit Schlagsahne bedeckte.

Mal sehen, was er jetzt noch sehen konnte. Hurensohn.

Als ich wieder zu meinem Haus zurückkehrte, schrieb ich ihm eine Nachricht.

— Was zur Hölle hast du dir mit der Stalker-Scheiße gedacht —

Dave, der Fundament-Typ, fing mich am Bürgersteig ab, ein Klemmbrett in der Hand. »Miss Faulkner? Ich habe einen Kostenvoranschlag gemacht.« Ich nahm ihm das Klemmbrett ab. Der Betrag war irre. »Ihr Haus fällt den Hügel hinunter. Wir müssen es anheben und bewegen. Das ganze Teil. Dann muss es befestigt werden. Das würde einiges an Arbeit bedeuten.«

Ich überflog die Liste, bevor mein Blick auf die gestrichelte Linie für die Unterschrift fiel. »Ich bin nicht der Hausbesitzer. Das Haus gehört meiner Mutter.«

»Oh.«

»Ich nehme an, dass Sie ohne die Unterschrift des Besitzers nicht fortfahren können?«

Er wirkte enttäuscht. Dieser Kerl brauchte Arbeit, und ich wollte ihm das nicht vermasseln. Ich warf einen erneuten Blick auf den Kostenvoranschlag. Ich konnte mir die nötigen Arbeiten nicht leisten, aber seitdem ich herausgefunden hatte, dass im Falle eines schlimmen Erdbebens mein Haus und das von Dr. Thorensens einander begegnen würden, wäre es unverantwortlich, die Reparatur nicht vorzunehmen.

»Ich werde das meiner Mutter zum unterschreiben vorlegen und mich dann wieder bei Ihnen melden.«

Seine Miene hellte sich auf. Ich wusste nicht, ob ich log oder nicht. Meine Mutter würde das Geld locker machen, um ihren Besitz zu beschützen. Ich könnte ihr die Unterlagen zum unterschreiben zuschicken. Sie faxen. Oder eine Brieftaube benutzen. Alles, um einen Besuch in Castaic zu vermeiden.

Aber Gott war mein Zeuge, dass ich keinem Mann, der mir nicht vertraute und Kameras auf mich ansetzte, die Bezahlung übernehmen lassen konnte, um mein Fundament zu reparieren oder meine Schlösser zu wechseln. Oh, Scheiße nein.

Mein Handy klingelte. Jonathan. Ich winkte Dave weg, und

er lief zu seinem Truck. Wutentbrannt ging ich ans Handy. »Ich kann das nicht machen«, sagte ich.

»Was ist passiert? Wovon redest du?« Er befand sich in einer belebten Gegend, in der schreiende Stimmen zu hören waren. Vor meinem geistigen Auge stellte ich mir vor, wie er einen Finger in sein andres Ohr steckte.

»Ich muss nicht beobachtet werden. Ich brauche dich nicht, wenn du mir nicht vertrauen kannst.« Er antwortete nicht. »Sag etwas.«

»Ich will einfach nur sicher gehen, dass es dir gut geht.«

»Es. Geht. Mir. Gut.« Mein Ton war abweisend und bestimmt, Entschlossenheit in jeder Silbe.

»Ich habe nicht gedacht, dass es ein derartiges Problem darstellen würde.«

»Scheiße? Was? Du denkst nicht, dass es ein Problem ... Bist du von einem anderen Planeten?« Ich ging in meinem Wohnzimmer auf und ab, als Dave aus meiner Einfahrt fuhr.

»Monica, beruhige dich.«

»Beruhige ... Was? Nein! Ich werde mich nicht beruhigen. Das ist eine ernste Sache. Das stellt ein Problem dar. Und weißt du was? Ich habe dafür keine Zeit. Ich habe keine Zeit, um dir die Bedeutung angemessenen Verhaltens außerhalb des Schlafzimmers zu erklären.«

»Übertreibe es nicht.«

»Wage es dir ja nicht, jetzt diesen Ton zu benutzen. *Du* hast es übertrieben.«

»Monica.«

»Jonathan.«

»Ich komme zu dir.«

»Bemühe dich nicht.«

Ich legte auf.

dreizehn

Monica

Ich wollte wegrennen. Auf irgendeine Weise wollte ich seinen Plan, zu mir zu kommen, um den gesunden Menschenverstand aus mir herauszustreicheln, vereiteln. Aber ich musste duschen und mich fürs *Frontage* fertigmachen. Rhee und ich hatten vereinbart, dass wir probeweise weitermachen würden, und ich wollte in Topform sein und nicht versagen. Als ich aus der Dusche kam, klingelte mein Handy. Ich nahm ab, ohne aufs Display zu sehen, weil ich dachte, es wäre Jonathan.

»Meine Türen sind verschlossen.«

»Okay?«

Scheiße, das war nicht Jonathan. Die Anruferkennung teilte mir mit, dass es sich um Jerry handelte, der Produzent, mit dem ich vor zwei Wochen die Probeaufnahme gemacht hatte.

»Hi, sorry. Ich dachte, du wärst jemand anderes. Wie geht's?«

»Gut, ich habe mich heute Abend mit Eddie Milpas auf Drinks verabredet. Er ist einer der Kerle, die neue Leute anwerben. Singst du heute Abend in diesem Club?«

»*Frontage*, ja.«

»Wirst du den Song spielen, den wir aufgenommen haben?«

»Normalerweise spiele ich meine eigenen Sachen nicht. Ich kann aber fragen.«

»Tu das. Er sucht nach etwas, und ich glaube, dass du dieses bestimmte Etwas hast.«

Mein Herz raste. »Danke. Ich sehe dich dann heute Abend.«

»Großartig. Lass die Türen verschlossen.«

Ich legte auf. Seit Jonathans Anruf waren bereits zwanzig Minuten vergangen. Ich stopfte meinen Kram in eine Tasche und rannte mit nassen Haaren aus der Tür.

vierzehn

Jonathan

»Lil.« Ich klopfte ans Fenster. »Vergiss Sheila. Bring mich nach Echo Park.«

»Ja, Sir.«

Umzudrehen war keine leichte Aufgabe. Sie musste die Ausfahrt vom Freeway 134 nehmen, wieder drauffahren und dann durch den Geschäftsverkehr kriechen. Abendessen mit meiner Lieblingsschwester und anwesenden Kindern galt offiziell als abgesagt.

Als ich bei Monicas Haus ankam, waren sie und ihr Auto verschwunden. Ich stand auf der Veranda und dachte über meine nächsten Schritte nach. Sie hatte einen Auftritt im *Frontage* erwähnt und es verlangte mich danach, dort aufzutauchen. Ich sah, wie Dave in seinem Transporter den Hügel hochfuhr.

»Hey, Jon. Ist die Dame des Hauses da? Ich hab noch ein paar andere Baubewilligungen durchzubringen.«

»Nein. Was ist heute passiert?«

Er lehnte sich aus dem Fenster und bot mir eine Pommes aus seiner Tüte von McDonalds an, die ich aber ablehnte. »Was meinst du?«

»Hast du irgendetwas zu ihr gesagt, das darauf schließen lässt, dass du sie beobachtest?«

»Nein, Kumpel, ich habe beobachtet, nicht gepetzt.«

»Als ich gesagt habe, dass du sie im Auge behalten sollst, sollte das unauffällig geschehen. Denn sie weiß es, und sie ist angepisst.«

»Sorry. Ich habe nichts erzählt. Allerdings hat sie das Auto dort hinten mit Schlagsahne beschmiert. Keine Ahnung was das sollte.« Er streckte seinen Hals, um auf die andere Seite der Straße zu sehen. »Gleich dort.«

Ich folgte seinem Blick zu einem grünen Minivan. Ich hatte ein komisches Gefühl, als ich darauf zulief. Die Schlagsahne war nicht einfach Schlagsahne. Es war die aus der Dose. Monica wollte mir damit eine Nachricht senden.

Ich benutzte mein Taschentuch, um die Schlagsahne wegzuwischen, bis ich hinter dem Glas eine Kamera erkennen konnte.

Ah. Sie hatte angenommen, dass ich dafür verantwortlich war. Ich hatte daran gedacht, aber auch ich hatte Grenzen.

Eine andere Frage kam mir allerdings: Wer war dafür verantwortlich? Wer wollte sie unter Beobachtung?

Ich verabschiedete mich von Dave und kroch in den Bentley zurück. »Lil, bring mich nach Hause.« Ich brauchte mein Auto. Lil war bereits den ganzen Tag unterwegs gewesen. Monica war erst einmal hinter dem Piano gefangen. Ich konnte es noch schaffen.

fünfzehn

Monica

»Ein Lied«, sagte ich zu Rhee. »Der Rest kann genauso ablaufen wie sonst.«

Sie kaute auf der Innenseite ihrer Lippe und sah sich im Raum um. Es füllte sich bereits. »Wie klingt das Lied?«

»Wie eine Frau an einem Piano«, sagte ich. »Das ist der Text.«

Vor einem Monat hätte ich es noch nicht akzeptiert, nach der Erlaubnis zu fragen, meine eigenen Songs zu singen. Allerdings war seitdem sehr viel passiert, und ich war auf den Job im *Frontage* angewiesen, um Gabbys Erinnerung am Leben zu erhalten.

Der Liedtext machte mich nervös, aber ich musste es einfach tun, wenigstens dieses eine Mal. Wenn ich Gelegenheiten wie diese, nicht beim Schopfe packen würde, wenn sie sich ergaben, dann würden sie austrocknen.

»Ganz schön heftig, Kleine«, sagte Rhee. »Halsband? Den Boden lecken?«

»Es ist metaphorisch gemeint.«

»Dachte ich mir.«

Natürlich hatte sie das. Welche Frau müsste einem Mann derartige Dinge schon erklären?

»Es ist mir wichtig«, sagte ich. »Es wird heute jemand kommen, um es sich anzuhören. Ein Produzent und ein wichtiger Mann von einem Label. Und die Komposition, Gabby hat sie geschrieben. Den Text habe ich darüber gelegt, nachdem…«

»Okay, okay.« Sie gab mir das Blatt Papier zurück. »Ich

erlaube es. Viel Spaß. Du verdienst es.«

»Danke, Rhee.« Ich stürmte in den Umkleideraum zurück. Anfang der Woche hatte ich für Rhee vorgespielt, um ihr zu beweisen, dass ich beides, Text und Musik, gleichzeitig bewältigen konnte. Ich war gerade dabei »*Under my Skin*« zu performen, als sie mich stoppte und mir sagte, dass es in Ordnung ginge, wenn ich meinen alten Zeitplan wieder übernehmen würde. Ich freute mich über diese Ablenkung, aber das Gefühl, dass Eugene Testarossa recht behalten würde, nagte an mir. Eine kleine Stimme, die mir ein schlechtes Gewissen einreden wollte, bestand darauf, dass ich Gabby tiefer ins Grab drücken würde, wenn ich darauf bestand, ihren Part zu spielen.

Meine Umkleidekabine war wie ein zweites Zuhause für mich, aber ich war einsam und meine Wut auf Jonathan stellte keine gute Gesellschaft dar. Ich legte mein Make-up auf und summte meinen neuen Song. Als der Moment gekommen war, in den Speisesaal zu gehen, sah ich meinem Spiegelbild in die Augen und sagte: »Ich hoffe, dass dich das Karpaltunnelsyndrom heimsuchen und ein Frosch in deinen Rachen springen wird.«

Es war nicht dasselbe, aber es war das Beste, was ich hatte.

sechzehn

Jonathan

Nichts bewegte sich. Der Jaguar saß zwischen einem Bus und silbernen SUV in der Falle. Ich hätte das Motorrad nehmen sollen. Dann hätte ich zwischen den Spuren fahren und bereits dort sein können. Auch wenn sie nirgendwohin konnte, wollte ich Monica trotzdem so schnell wie möglich sehen. Das musste ich einfach. Zuerst einmal war sie wütend auf mich, und diese Tatsache bohrte ein Loch durch mein Herz. Je länger ich darüber nachdachte, desto schneller wollte ich bei ihr sein. Und zum Zweiten war ich jetzt noch besorgter, nachdem ich die Überwachungsausrüstung auf der anderen Straßenseite entdeckt hatte. Diese Ausrüstung war kein Witz. Jemand beobachtete sie. Ich wusste nicht warum, oder wer es war, aber ich konnte mir diese Antworten mit Zeit und Geld erkaufen. Von der einen Sache hatte ich sehr viel zur Verfügung. Von der anderen musste ich mehr herbeischaffen.

»Margie«, sagte ich, als meine älteste Schwester ans Telefon ging. Sie war fünfzehn Jahre älter als ich und eher wie eine Tante für mich. Ihre Anwaltskanzlei hatte eine riesige Rechtsabteilung und beschäftigte sich hunderttausend Stunden damit, Berühmtheiten vor dem Gefängnis zu bewahren.

»Jonny, du meldest dich gar nicht mehr.«

»Weil ich keine Probleme habe.«

»Und heute? Hast du ein Problem?«

»Sitzt du?« Auf der Western Avenue bewegte es sich wieder vorwärts, gerade als ich die Ausfahrt zum Santa Monica Boulevard nehmen musste. Wirklich schade, dass mir kein

Geld der Welt ein fliegendes Auto kaufen konnte.

»Sicher, ich sitze.«

»Es gibt da eine Frau.«

»Jetzt hast du mir zu einer Migräne verholfen. Das arme Mädchen. Was hast du ihr angetan?«

Ich hatte mich sehr unwohl gefühlt, als sie mich während der Scheidung vertreten hatte und ich ihr sagen musste, dass der Sex das Problem darstellte; die Art des Sex und wie ich zurückgewiesen worden war. Sie brauchte Einzelheiten und bekam sie erst, nachdem ich eine halbe Flasche Whisky geleert hatte.

»Das ist es nicht«, sagte ich. »Sie und ich, es geht uns gut. Es geht um etwas anderes.«

»Wo findet man eine Frau, die es mag, wenn —«

»Es reicht.« Ich kannte die Sprüche bereits alle. »Ich bin nicht in der Stimmung, Margie. Ich habe vor ihrem Haus eine Kamera gefunden. Provisorische Überwachung aus einem Auto heraus. Ich will, dass ihr Haus auf mehr durchsucht wird. Ich glaube, dass du jemanden kennst, der das übernehmen könnte.«

»Hast du Zugang?«

»Nein, und dabei habe ich erst, Ironie lässt grüßen, neue Schlösser einbauen lassen.«

»Du ziehst doch nicht wieder diese Kontrollsache ab, oder, Jonny?«

»Besorge mir einfach die Leute und ich verschaffe dir Zugang. Okay?«

»*Sie* mag es vielleicht, wenn du Befehle erteilst —«

Ich legte auf. Dass meine Schwestern wussten, dass ich außergewöhnliche Vorlieben hatte, war nicht einfach. Eine weitere Sache, die ich Jessica zu verdanken hatte.

An der nächsten roten Ampel holte ich Hank ans Telefon.

»Jaydee.«

»Hast du die Zeichnungen bereits verbrannt?«

»Noch nicht.«

»Kannst du sie zusammenpacken und morgen früh an mein Büro in Wilshire schicken lassen?«, fragte ich.

»Willst du sie nach Archivierungsstandards verpackt haben?«

»Nein. Tu sie in einen Umschlag. Mehr nicht. Ich werde dir Bescheid sagen, wie wir in dieser Sache weiterhin verfahren werden.« Ich legte auf.

Ich war mir sicher, dass Kevin dahintersteckte. Er war auf der Beerdigung gewesen und hätte an diesem Tag Kameras einbauen können. Ein Video von Monica, in dem sie das Haus verlässt und wieder betritt, wäre perfekt für eine Installation, vor allem wenn ihre Musik dazu spielen würde. Eine weitere Hommage an eine Trennung. Er kannte sie gut genug, um zu wissen, dass sie nachgeben und es der Kunst und ihrer Karriere zuliebe erlauben würde, wenn er sie mit den Aufnahmen konfrontieren würde, sobald das Projekt bereits komplett war. Oder er würde vermeiden, die Sache zu erwähnen, bis die Show installiert wäre. Dann wäre es noch unwahrscheinlicher, dass sie eingreifen würde, da ihr Name bereits mit dem Projekt in Verbindung stehen würde. Ein demütigender Messerstich in den Rücken. Falls in ihrem Haus Kameras gefunden werden sollten, würde ich ihn umbringen müssen.

Es fühlte sich so an, als würde jede Zelle in meinem Körper in Monicas Nähe sein wollen. Um sie vor der Person zu schützen, die sie beobachtete, und um ihre Wut auf mich zu besänftigen. Ich musste lediglich den Verkehr und die unsinnige Synchronisation der Ampeln auf dem Santa Monica Boulevard überwinden.

siebzehn

Monica

Da Gabby uns verlassen hatte und damit die Werbemaschinerie zum Stillstand gekommen war, war die Anzahl der Personen im Club wieder überschaubar. Es war die gleiche Menge an Leuten wie in der Nacht unseres ersten Auftrittes: besetzte Tische und ein paar wenige Leute an der Bar. Die Aufmerksamkeit, die wir bei unseren Auftritten genossen, war zusammen mit Gabby gestorben. Ich fing wieder am Anfang an, aber das war in Ordnung. Ich glaubte nicht, dass ich noch mehr davon ertragen könnte, ohne sie an meiner Seite zu wissen.

Der Tisch an dem warmen Lautsprecher wies ein RESERVIERT Schildchen auf. Jerry und Eddie sollten dort sitzen, falls sie denn überhaupt auftauchen würden. Ich begrüßte ein paar bezaubernde Pärchen, die vorne saßen, und fragte nach, ob sie Musikwünsche hätten, die ich spielen würde, falls ich die Lieder kannte. Ein paar Jungs aus einer Studentenverbindung hatten von mir gehört, weshalb sie heute zum Abendessen gekommen waren. Sie waren bereits angeheitert, und deren Appetitanreger stand noch nicht einmal auf dem Tisch, also verweilte ich nicht lange. Ich ließ meinen Blick ein letztes Mal durch den Raum schweifen, bis meine Augen auf Rhee fielen, die gerade zwei Frauen zu einem Tisch in der Ecke führte. Ich erkannte sie beide. Bei der einen handelte es sich um Jonathans Schwester, Deirdre. Die andere war seine Ex-Frau.

Meine Haut fing an zu prickeln und meine Kehle schnürte sich zu. Ich konnte meine Fingerspitzen nicht spüren. Dann erinnerte ich mich daran, dass ich einen ganz bestimmten Song spielen wollte. Jonathans Song. Ich hatte ihn Jonathan bisher weder gezeigt, noch hatte ich ihm davon erzählt. Jessica würde ihn hören. Und dann würde sie es wissen.

Sie würde es *wissen*.

Ich schämte mich nicht für die Dinge, die ich mit Jonathan machte, aber sie meine Ängste hören zu lassen, als würde ich sie ihr ins Ohr flüstern, fühlte sich abartig intim an. Ein Gefühl des Bedauerns kroch meinen Rücken herunter. Ich hätte es niemals produzieren, niemals niederschreiben oder auf Gabbys Musik anpassen sollen. Auch wenn ich nicht versuchte, es vor Jonathan geheim zu halten, hätte ich es wenigstens ihm zeigen sollen, bevor ich es in der Öffentlichkeit zum Besten gab. Daran hatte ich zuvor nicht einmal gedacht.

Ich setzte mich ans Piano und berührte die Tasten. Nein, ich würde es überspringen. Etwas anderes spielen. Jerry war nicht da, also würde es niemand wissen. Rhee war es egal. Ich fing an zu spielen. Ja, Ich würde mich hinter Irving Berlin und dann Cole Porter verstecken. Ich wäre sicher. Ich würde ihnen trotzdem die verschiedenen Facetten von Jonathan präsentieren. Ich würde ihnen trotzdem seine Lust, seine Berührungen, seine Stimme präsentieren. Aber Jessica würde es nicht hören, weil ich von den Liedtexten toter Männer beschützt werden würde.

Ich beendete gerade »*Someone to Watch Over Me*«, womit die Hälfte des Sets vorüber war, als ich Jerry mit zwei Männern an der Bar sah. Er erhob sein Glas in meine Richtung. Sie saßen nicht am Tisch. Ein kurzer Zwischenstopp vielleicht? Na ja, Scheiße. Jetzt müsste ich den Song spielen.

Mit den Scheinwerfern in meinem Gesicht, wodurch mir die Hälfte des Raumes verborgen blieb, ragte Jessica nicht mehr so gewaltig über mir auf. Nachdem ich mich mit den Standards, die ich auswendig kannte, aufgewärmt hatte, und mich hinter diesem glänzenden, schwarzen Stutzflügel versteckt gehalten hatte, fühlte ich mich nicht mehr ganz so verletzlich. Ich würde den Song spielen können.

Ich würde das schaffen. Ich könnte das Lied schmettern.

Scheiß doch auf sie. Scheiß auf sie bis zum Mond. Scheiß auf sie in alle Ewigkeit. Scheiß auf sie scheiß auf sie scheiß auf sie. Das hier war mein Raum. Mein Song. Mein Publikum. Meine Regeln.

Regel Nummer eins? Scheiß auf sie.

Ich traf die Tasten, machte sie mein Eigen, und ich ließ mich auf Jonathans Song ein, als wäre er nackt und ich würde ihn anspringen.

Wir woben Worte unter Eis-am-Stiel-Bäumen,
Die Decke zum Himmel geöffnet,
Und du willst mich besitzen
Mit deiner verhängnisvollen Anmut und charmanten Worten.
Alles, was ich besitze, ist eine Handvoll Sterne
Angebunden an ein Netz mit Murmeln, das sich umkehrt

Oh, ihre Ohren würden bei der Erwähnung der Eis-am-Stiel-Bäume und der Decke zum Himmel abfallen, aber ratet mal?

Scheiß auf sie.

Meine Fragen und Ängste waren mit heißer Sehnsucht angefüllt, einer Begierde, die Antworten ermutigte und nach Besänftigung flehte. Meine Liste, bestehend aus akzeptablen und nicht akzeptablen Handlungen, wurde eine Liste, die aus aufregenden Möglichkeiten bestand.

Wirst du mich Hure nennen?
Mich zerstören,
Mir sagen, dass ich den Boden lecken soll,
Mich völlig aus der Fassung bringen,
Mich zu einem Tier werden lassen?
Werde ich nur noch ein Behältnis für dich sein?

Schlitze unsere Lügenbox auf
Durch eine niedrige Türöffnung für unser
Können und Sollen.
Wähle die Dinge, dich ich nicht brauche,
Keine leichtsinnigen Momente, keine Geheimnisse.
Und du brauchst nichts.
Meine Fähigkeit mich zu verbiegen, wird uns nicht nähren.

Und einfach nur, um ihr eine Nachricht zu senden, einfach weil sie mich verletzt hatte, und weil ich es konnte, änderte ich spontan den letzten Refrain und wandelte die Fragen zu Aussagen um.

Ich werde dich besitzen.
Dich fesseln.
Ich werde dir ein Halsband umlegen.
Dich verletzen,
Dich halten und dich besitzen.
Du wirst ein Behältnis für mich sein.

Obwohl ich mich im Moment wild fühlte, musste das Lied trotzdem zu dem Rest des Sets passen, also schrie und jammerte ich nicht. Ich zeigte nicht die Reichweite meines Könnens, aber die Emotionen waren greifbar, als ich die letzte Note verebben ließ, passend für die Stimmung während eines Abendessens. Ein Flüstern. Ich fand sofort den Übergang zu »*Stormy Weather*«. Für einen kurzen Moment wurde es dunkel. Jerry und seine Freunde gingen, blockierten die Spotlichter. Erleichterung fuhr durch meinen Körper. Ich war mir fast sicher, dass ich sie und Jessica nicht zur gleichen Zeit bewältigen könnte.

Ich beendete mein Set, bedankte mich beim Publikum, schaute bei dem Applaus geehrt aus, bevor ich mit erhobenem Kinn in die Umkleide lief. Mein Körper fing erst an zu beben, als ich die Tür hinter mir zugemacht und abgeschlossen hatte. Meine Atmung wurde stockend und meine Augen füllten sich mit Tränen. Heilige Scheiße, warum war sie hier? Mit Deirdre?

Die im Familienwettrennen »Alle gegen Monica« ohnehin um den Spitzenplatz kämpfte? Gott verdammt. Welche Lüge würde sie heute erzählen? Welche Bombe würde sie platzen lassen? Ich würde in der der Umkleide bleiben. Ich würde Rhee sagen, dass ich wegen Gabby zu traurig war, um mich zu verabschieden. Dann könnte ich hier drin bleiben, bis sie die Bar für den Abend schließen würden.

Das klang sogar wie ein machbarer Plan, aber als ich durch meine Kontakte scrollte, damit ich Rhee meine Entschuldigung schreiben konnte, kam ich an Debbies Nummer vorbei. Ihre Worte kamen wieder zu mir zurück, als würde sie mir die Worte ins Ohr flüstern.

Sei eine anmutige Frau.

Yeah.

Vielleicht war es an der Zeit, erwachsen zu werden. Wenn ich wissen würde, dass ich nichts falsch machte, und wenn ich mein Recht einforderte, dass ich mit jedem Mann, der mir gefiel, zusammen sein konnte, dann hätte ich auch keinen Grund, mich in einer dreckigen Umkleidekabine zu verstecken.

Ich schrieb Rhee.

— Ich bin wegen Gabby ein wenig traurig —

Sofort ließ mich mein Handy wissen, dass sie mir bereits geantwortet hatte.

— Kann ich etwas für dich tun? —

— Könntest du mir zwei Jamesons bringen? Einen Shot und einen on the rocks, um meine Nerven zu beruhigen? Danach komme ich gleich wieder raus —

— Na klar, Kleine —

Ich ließ meine Hände über mein Kleid gleiten, wischte den Mascara weg, der verschmiert unter meinen Augen haftete, bevor ich neuen Lippenstift auftrug. Es kam eine Bedienung.

Ich öffnete die Tür einen Spalt, um ihr für die Drinks zu danken und sie vom Tablett zu nehmen.

Sobald die Tür wieder zu war, trank ich den Shot. Der andere war meine Stütze. Ich sah in den Spiegel und versuchte mein Kundendienstlächeln. Spitze. Ich war umwerfend. Und scheiß auf sie.

Ich ging nach draußen, um meinen Job zu machen. Ich betrat den Raum und begrüßte ein paar Leute mit einem »Hallo«, lächelte und akzeptierte bescheiden Komplimente. Deirdre war an der Bar. Jessica saß allein am Tisch. Zum einen schenkte sie ihrem Handy ihre Aufmerksamkeit und zum anderen versuchte sie so zu tun, als würde sie mich nicht sehen.

Ich ging zur Bar und quetschte mich neben Deirdre. »Hi, ich glaube, wir kennen uns bereits«, sagte ich.

Sie war höflicher als vorhin und nickte, ein nichtssagendes Lächeln spielte auf ihren Lippen. »Yeah. Netter Gesang.« Sie steckte eine Strähne ihrer dicken Locken hinters Ohr. Sofort sprangen sie wieder in ihr Gesicht.

»Danke. Ich, ähm, ich will nicht unhöflich klingen, wenn ich dieses Thema anspreche, aber ich kam nicht umhin zu bemerken, dass du mit jemandem hier bist?«

»Yeah. Sie gehört zur Familie. Sie wollte dich sehen. Ich wusste, wo du sein würdest, also...« Sie endete den Satz mit einem Zucken ihrer Schultern.

»Sie ist recht bösartig.«

»Sie ist die Frau meines Bruders.«

»Nicht mehr.«

»Du hast noch eine Menge zu lernen.« Wieder versuchte sie, ihre Haare hinters Ohr zu stecken, wieder sprangen sie ihr zurück ins Gesicht.

Ich atmete tief ein. Sie war eine von Sieben, und ich war drauf und dran es mir mit ihr zu verscherzen. »Tut mir leid. Das verstehe ich einfach nicht.«

Sie studierte mich für eine lange Zeit. Da gab es etwas an ihr, eine Art Traurigkeit, ein Hauch von Melancholie. Eine tiefliegende Quelle des Kummers. Ich konnte es in ihren

Augen und an der Art und Weise sehen, wie sie den Kampf mit der Haarsträhne verlor, die nicht hinter ihrem Ohr stecken bleiben wollte. »Wie gesagt. Familie. Ein Mann sollte nur eine Frau heiraten. Ein Leben, eine Frau.«

Ich fragte mich für eine Sekunde, ob Deirdre bereits im einundzwanzigsten Jahrhundert angekommen war, bevor mir ihre Kruzifixhalskette auffiel. Da verstand ich es. Sie wollte Jonathans Seele retten, indem sie Jessica diente.

»Na gut«, sagte ich. »Ich werde ‚Hallo‘ sagen gehen. Kommst du mit?«

»In einer Minute.« Sie lächelte mich an. Ich konnte ihren Gesichtsausdruck nicht deuten. Abgesehen von der Quelle des Kummers, konnte ich Deirdre nicht einschätzen.

Jessica tat so, als würde sie mich an diesem Abend das erste Mal erblicken, als ich bereits die halbe Strecke zu ihr überwunden hatte. Ich setzte mich auf die Kante ihrer Sitzbank, während ich versuchte, die Welle des Hasses zu unterdrücken, die mit Sicherheit sogar die Wirkung meines Kundendienstlächelns in den Schatten stellte. Wir standen auf derselben Stufe. Ich würde nicht wie eine Kellnerin vor ihrem Tisch stehen bleiben.

»Nett, dich wieder zu sehen«, log ich.

»Find ich auch«, log sie zurück. »Du spielst wundervoll.«

»Danke.«

»Und deine Stimme ist himmlisch. Du bist eine Künstlerin.«

Ich stützte meine Ellbogen auf dem Tisch ab und tätschelte mein Whiskeyglas. »Gibt es etwas, das du willst? Einen Grund für deine Anwesenheit heute Abend? An sich glaube ich an merkwürdige Zufälle, aber an diesen glaube ich nicht.« Ich lächelte sie die ganze Zeit an. Falls Rhee mich beobachten sollte, dann würde sie davon ausgehen, dass ich mich mit Kunden anfreundete.

Jessica sah auf ihren Drink, ein halbleeres durchsichtig braunes Getränk mit Cola und Limette. »Du hast inmitten deines Auftritts ein Lied gespielt, das ich nicht kannte. Okay, lass mich das umformulieren. Ich habe es erkannt. Ich selbst habe mir diese Fragen gestellt.«

»Warst du mit dir so ehrlich wie mit mir?«

Ein Lächeln zuckte über ihre Lippen. »Das habe ich verdient.«

Ich hätte sie anspringen können, aber das tat ich nicht. Sie war nicht hier, um verdroschen zu werden. Sie war auch nicht hier, um sich zu entschuldigen, und mit Sicherheit war sie nicht hergekommen, um mich singen zu sehen. Sie war gekommen, um sich Jonathan zurückzuholen. Im Moment war ich wirklich sehr wütend auf ihn, aber noch hatte ich nicht das Bedürfnis, die Sache zwischen uns zu beenden. Also schwieg ich und wartete darauf, dass sie eine Erklärung abgab. Sie bewegte keinen Muskel, ohne einen guten Grund dafür zu haben. Ihr Gesicht verriet nichts. Weder zuckte sie, noch fummelte sie wie ich an einem Glas herum. Auch hatte sie kein Kundendienstlächeln im Gesicht. Sie wies eine Mimik auf, die tiefer ging. Es wirkte geübter, tief verwurzelt. Sie hatte die Anmut, die Debbie versuchte, mir einzupflanzen. Im höchsten Maße.

»Es wird eine Zeit kommen, in der du mit jemandem sprechen möchtest.« Sie griff in ihre Tasche und holte eine Visitenkarte heraus. »Mit einer Person, die mehr über die Person weiß, auf die du dich eingelassen hast. Wenn du die kleine Sache vergessen kannst, die ich dir angetan habe, ruf mich an. Dann können wir reden.«

Sie schob mir die Karte entgegen. Es war eine gewöhnliche, mattierte, weiße Visitenkarte mit ihrem Namen, Telefonnummer und einer Adresse, die im industriellen Teil von Culver City lag.

Das war auf eine derart abgefahrene Art stilvoll, dass eine neue Welle der Verachtung von mir Besitz nahm. Ich schob sie in die Tasche meines Kleides. »Falls ich Fragen haben sollte, dann kann ich damit zu Jonathan gehen, denkst du nicht auch?«

Sie nahm einen Schluck von ihrem Drink. »Hat er dir von Rachel erzählt?«

»Ja.«

»Alles?«

»Ich kann das Gegenteil nicht beweisen. Genauso wenig wie du. Und falls du denkst, dass ich wiederhole, was er mir erzählt hat, damit du Vergleiche anstellen kannst… na ja, das sagt mehr über dich als über mich aus, oder nicht?«

»Deine Feindseligkeit mir gegenüber tut das auch.« Es fühlte sich an, als hätte ich eine Ohrfeige bekommen, und dass sollte es nicht. Sie bewegte kaum einen Muskel oder änderte ihren Gesichtsausdruck, wodurch sie das Gefühl der Unzulänglichkeit in mir noch ansteigen ließ. »Es gibt eine Menge Dinge, die sich im Moment entwickeln, und wenn ich ehrlich sein darf, dann bist du dem nicht gewachsen.«

Ich rollte mein Glas zwischen meinen Handflächen, kühlte sie, während ich an meine erste Nacht auf Jonathans Veranda dachte und wie er sein Glas und die Eiswürfel an mir benutzt hatte. Der Shot hatte mich entspannt, meinen Stresslevel und die Hemmungen reduziert. Ich war bereits über Minenfelder wie Jessica gelaufen. Unglücklicherweise vergaß ich immer meine Landkarte. »Was du mir damit also sagen willst, ist, dass du mir dabei helfen willst, von dem Ex-Mann wegzubleiben, dem du das Herz gebrochen hast? Nein, das glaube ich nicht.«

»So einfach ist das nicht.«

»Oh ja, das ist es.«

»Es wurden Dinge ins Rollen gebracht. Ich wollte dich warnen, damit du nicht verletzt wirst.«

Ich mochte Drohungen nicht, vor allem nicht die vage Sorte. Sie deuteten an, dass die Person, die die Drohung machte, mich nicht genug respektierte, um ins Detail zu gehen. Derartige Dinge brachten mich zur Weißglut. Ich versuchte, mein Pokerface aufzubehalten. »Ich würde es verstehen, wenn du ihn einfach wieder zurückhaben wolltest, aber du willst etwas anderes.«

»Im Moment versuche ich, dich aus der Gefahrenzone zu bringen. Ich bin gerne dazu bereit, dir alles zu erklären, aber nicht hier.«

Oh, das war hinterhältig. Da würde ich nicht drauf eingehen. Würde es nicht glauben. Warum sollte sie sich für mein Wohlbefinden interessieren? Ich schob mich nach vorne. Sie wich nicht vor mir zurück. »Er hat einen Schwanz, und der kann nur in einer Frau sein. Nichts, was du sagen könntest, würde mich davon abhalten, regelmäßig von der Decke geschält werden zu müssen, nachdem er seinen erstaunlichen Schwanz in mir hatte. Wenn du ihn so sehr vermisst, wenn du an ihn denkst, wenn dein neuer Mann über dir schwebt, wenn du darüber nachdenkst, sobald du mit deinen Händen allein unter der Bettdecke liegst, dann verstehe ich das. Er ist ein Monsterfick, Mrs. Drazen, und du musst erst an mir vorbei, um ihn zurückzubekommen.«

Obwohl sie ein kleines Lächeln auf ihren Lippen hatte, flüsterte sie nur: »Du hast wirklich Klasse.« Ich versuchte, nicht zu reagieren. Ich versuchte, unerbittlich und kühl zu sein, aber ich wusste, genauso sicher, wie dass es keinen Schnee in Los Angeles gab, dass ich versagte. Mein Gesichtsausdruck war Wackelpudding mit Zitronengeschmack, der leidlich von Zahnstochern in Form gehalten wurde. Jessica schob ihr Glas von sich weg und stand auf. »Ich bin mir sicher, dass die Vornehmheit der Grund dafür ist, dass der erstaunliche Gentleman für mehr zurückkommen wird.«

Zitrone wandelte sich zu Kirschgeschmack um, und wenn es ein dunkleres Rot gegeben hätte, in das es sich hätte umwandeln können, dann war mir die Sorte nicht bekannt. Sie sah über meinen Kopf hinweg und lächelte. »Jon, wie geht es dir?«

Seine Stimme strich über meine Schulter wie ein warmer Pullover in einer kalten Nacht, der frisch aus dem Trockner kam. »Gut, Jessica.«

Mein Plan war es gewesen, ihn anzugehen, ihm meine Wut entgegenzuwerfen. Ihn wissen zu lassen, dass er mich nicht beobachten lassen konnte. Ich hatte meine Grenzen, auch wenn er die nicht hatte, und ich mochte es nicht, gestalkt zu werden. Aber als er seine Hand in meinen Nacken legte, als würde er mich besitzen, wurde ich von Dankbarkeit überwältigt. Das war die bestmögliche Antwort auf Jessicas Seitenhieb hinsichtlich meiner nicht vorhandenen

Vornehmheit. Ich musste kein weiteres Wort verlieren.

Jessica sagte: »Ich habe mich mit Monica nur über ihren Song unterhalten. Er hat mich an dich erinnert. Deirdre, Süße, alles okay?«

Deirdre hatte sich unserem Grüppchen angeschlossen, während sie noch immer damit beschäftigt war, die eigensinnige Locke hinter ihr Ohr zu stecken. »Yeah.« Sie wandte sich Jonathan zu und schlug gegen seinen Arm. »Hey, Kumpel.«

»Ich hoffe, dass dich jemand nach Hause bringt, Dee. Monica und ich verschwinden jetzt.« Er sah seine Ex-Frau an. »Jess, ich weiß nicht, was du hier zu suchen hast, aber ich verzichte auf Höflichkeiten und verabschiede mich jetzt.« Er drückte meinen Nacken und sah auf mich herab. »Bist du fertig?«

»Meine Sachen sind noch in der Umkleide.«

»Dann lass uns gehen.« Er hielt mir seine Hand hin und ich nahm sie, rutschte von der Bank, als er mir auf die Füße half.

Ich lief nach hinten, ohne mich zu verabschieden, und zog ihn hinter mir her. Ich fing erst an zu zittern, als wir uns hinter der Tür der Umkleide befanden. Noch bevor ich das Licht anmachen konnte, presste er mich gegen die Wand, seinen Mund auf meinen und meinen Kopf gegen den Putz.

»Jonathan«, keuchte ich. Wollte ich ihn nicht anschreien? War ich nicht wegen irgendetwas wütend auf ihn? Ich wusste, dass es Dinge zu sagen gab.

Er küsste meinen Hals und streichelte durch mein Kleid über meine Brust. »Die Kamera. Nicht von mir. Ich habe Dave gebeten, dich im Auge zu behalten, das ist alles.« Er presste seinen steinharten Schwanz gegen mich.

Scheiß drauf. Scheiß auf Erklärungen. Scheiß auf Grenzen. Was auch immer er sagte, war gut genug, solange er mich jetzt nehmen würde.

Mit beiden Händen unter meinem Rock, knetete er meinen Hintern, während er mich küsste. Ein Finger packte in meinem Schritt nach dem schicken Bordelle Höschen und zog hart daran. Ein Bein konnte ich befreien, und er schlang es um seine Hüfte, um mich ihm zu öffnen. Er rieb über meinen Nippel, durch den Stoff des Kleides hindurch, kratzte mit dem Fingernagel darüber, bevor er meine Brust mit seiner ganzen Hand umschloss.

Ich öffnete seine Hose und befreite ihn. Er drückte eine Hand gegen meine Brust, lehnte sich gegen mich, während er die andere Hand benutzte, um seine Länge in meine Öffnung zu führen, was er mit einem harten, schnellen Stoß bewältigte.

Mit seinen Augenlidern auf Halbmast stieß er erneut zu, dieses Mal noch härter. Ich quietschte, als sein Schwanz das Ende meiner Höhle erreichte. Er schlang auch mein anderes Bein um seine Hüfte, damit mein Körper ihn umschloss. Er hielt mich mit seinem Körper gegen die Wand gepresst, ein Fixpunkt, an dem wir miteinander verbunden waren, das Kernstück, das uns zusammenhielt.

Ich legte meine Hände auf sein Gesicht, und er nahm sie weg, fixierte sie.

»Bist du bereit, Göttin?«

»Nimm mich.«

Er grunzte, als er nach vorn stieß, sich so tief in mir vergrub, dass es schmerzte. Ohne einen Moment der Zurückhaltung fickte er mich, zwang er mich gegen die Wand, als würde er sie durchbrechen wollen. Wieder und wieder nahm er mich, hart und schnell presste er sich in meine prickelnde Hitze, während er Lust durch meinen Körper jagte und sein Schwanz immer wieder gegen meine Klitoris stieß.

»Sieh mich an«, befahl er mit heiserer Stimme. Das tat ich, auch wenn mir meine Haare in die Augen fielen. Meine Atmung hatte sich dem Rhythmus seiner Stöße angepasst. »Du redest mit mir, verstehst du das?«

»Ja, Sir.« Ich konnte mich kaum verstehen.

»Schließe mich niemals aus.«

»Niemals. Oh, Gott. Jonathan. Mein König.«

»Komm noch nicht, Monica.« Er verlangsamte sein Tempo, veränderte den Winkel, damit ich ihn noch tiefer, härter und mit mehr Entschlossenheit spüren konnte. »Lass deine Gefühle nicht die Kontrolle übernehmen. Rede. Mit. Mir.« Bei jedem Wort stieß er zu und schickte mich damit an einen Ort, an dem es unmöglich schien, Worte zu formen.

»Ja.«

»Was willst du mir sagen?«, fragte er.

»Lass mich kommen?«

»Nein. Was noch?« Er hämmerte in mich und rieb sich an mir, vergrub sich vollkommen in meinem Körper, sein Gesicht an meinem Hals. Sein Duft aus Erde und Leder und frischgewaschener Wäsche überwältigte mich. »Warum hast du mich ausgeschlossen?«

»Ich habe Angst. Du machst mir Angst.«

Er umfasste meine Wange mit einer Hand. »Warum?«

Der Raum war nicht besonders gut beleuchtet, aber ich konnte das Grün seiner Augen sehen, wo das Licht des Parkplatzes durch die Jalousien brach. »Du hast die Macht, mich zu verletzen, Jonathan. Du kannst Zerstörung hinterlassen.«

Er rieb mit dem Daumen über meine Unterlippe. »Deine Ehrlichkeit ist wunderschön.« Er zog sich aus mir zurück und stieß wieder zu, hämmerte gegen mein weit geöffnetes Geschlecht.

»Noch einmal, bitte«, flehte ich ihn an.

Wieder stieß er zu. Und noch einmal, bis ich dachte, ich würde, ausgehend von meinem Intimbereich, in Schreie explodieren. Mein Atem stockte, wurde hart, und meine Brust schmerzte unter der Anstrengung, Sauerstoff durch meinen Körper zu bewegen, wenn ich eigentlich das Atmen einstellen wollte. Er legte seine Hand über meinen Mund und nahm mich hart und schnell. Ich kam, schrie in seine Handfläche. Er drückte seine Brust gegen meine, seine Wange gegen mein Gesicht, und begleitet von einem langen Stöhnen, ergoss er sich in mir, zuckend und windend. Ich spürte seine warmen Atemzüge an meinem Hals, während seine Hand über mein von Schweiß bedecktes Gesicht strich und meinen Namen flüsterte. Für eine Minute lehnten wir aneinander, atmeten im Einklang, bis er meine Wange küsste.

»Du kommst heute Nacht mit zu mir«, sagte er sanft.

»Warum?«

Er küsste mich erneut auf den Mund, bevor er sagte: »Dein Haus und dein Auto müssen auf Kameras durchsucht werden. Ich kann dich nicht dorthin zurücklassen, bevor alles sauber ist.«

»Was ist, wenn die Person, die sie dort platziert hat, eigentlich hinter dir her war? Wie kannst du wissen, dass dein Haus nicht auch mit Kameras bestückt ist?«

»Es wird gerade gecheckt.«

Wir küssten uns, als er sich aus mir zurückzog. Er ließ meine Beine runter. Ich atmete noch immer schwer, der Ort zwischen meinen Beinen fühlte sich empfindlich an. Meine Lippen taten weh, wo seine Stoppeln in Kontakt mit meiner Haut gekommen waren. Meine Wirbelsäule schmerzte davon, dass ich gegen die Wand genommen worden war. Wie sonst auch hatte ich das Gefühl, dass ich mit einem Dildo fast zu Tode geprügelt worden war.

Jonathan kniete sich vor mich hin und half mir in mein Spitzenhöschen, während er einen Pfad mein Bein hochküsste. Als er mein Kleid richtete, küsste er mich.

»Wir müssen reden«, sagte ich.

»Über Jessica. Was hat sie zu dir gesagt?«

»Darüber, und —«

Ein lautes Klopfen war zu hören. Die Türklinke wackelte. »Monica«, rief Rhee, »bist du da drin?«

»Ja.«

»Bernie ist hier.« Bernie war der Kerl, der nach mir auftrat.

»Ich bin in einer Sekunde draußen.«

Ich hob meine Tasche hoch. Jonathan fuhr mit den Fingern durch seine Haare und nahm sie mir ab. Wir liefen nach draußen, in die frische Herbstnacht. Der Parkdienst kümmerte sich um Jonathans Auto. Meins war an der Straßenseite geparkt. Er eskortierte mich Händchen haltend zu meinem Auto. »Leute warten an deinem Haus, um es nach Kameras und Mikros zu durchsuchen.«

»Das ist so merkwürdig.«

Er nahm mein Kinn zwischen Daumen- und Zeigefinger,

sobald wir beim Auto ankamen. »Wahrscheinlich werden sie nichts finden. Aber wir müssen uns dort blicken lassen, damit du sie reinlassen kannst.« Er schlang seine Arme um meine Hüfte. »Du, Liebling, wirst Kleidung und wichtige Dinge zusammensuchen. Dann werde ich dich zurück in mein Bett bringen, damit ich dich noch einmal nehmen kann. Und dann noch einmal.«

»Wir haben eine unangenehme Unterhaltung vor uns.«

»Glaubst du mir, wenn ich sage, dass ich dich nicht ausspioniert habe?«

»Ja.«

»Hast du jemand anderen gefickt?«

»Gott, nein!«

»Verlässt du mich, weil ich mich bei deiner Arbeit eingemischt habe?«

»Nein.«

»Verlässt du mich überhaupt?«

»Nein, Jonathan, wirklich —«

»Dann verstehe ich die Eile nicht. Lass uns diese eine Angelegenheit hinter uns bringen; und die Unannehmlichkeiten können sehen, wo sie bleiben.«

achtzehn

Jonathan

Ich wollte nicht hören, was meine Ex-Frau zu sagen hatte. Ich wollte ihr Labyrinth aus Lügen und Halbwahrheiten nicht navigieren, und ich wollte im Moment Monica nichts erklären, wenn sich meine Gedanken doch um Kevin und die Kameras drehten. Wir mussten Schlüssel übergeben, ihre Sachen für die Nacht holen und sie in mein Bett bekommen. Dann würde ich erklären oder wegficken, was auch immer Jessica ihr erzählt hatte. Jessica würde auf der Matte landen. Ich konnte ihre Scheiße keine weitere Minute ertragen. Ihr schlimmster Alptraum war es anscheinend, mich glücklich zu sehen, denn so oft wie im letzten Monat hatte ich sie im vergangenen halben Jahr nicht gesehen.

Ich kam zuerst in Echo Park an und parkte auf der gegenüberliegenden Straßenseite von Monicas Haus. Der grüne Minivan war fort; stattdessen stand auf dem Platz jetzt ein schwarzer Van. Margies Jungs. Ich lief zu der Kettenabsperrung. Ein Mann begrüßte mich. Ende Zwanzig. Anzug und Krawatte. Ein Ring am kleinen Finger. Als sich meine Augen an die Dunkelheit angepasst hatten, sah ich zwei weitere Männer, die die Büsche durchforsteten.

»Jonathan Drazen?«, fragte er, und streckte mir seine Hand entgegen.

»Genau der.« Ich schüttelte sie.

»Mein Name ist Will Santon. Sie sehen genau wie Margie aus.«

»Sagen Sie ihr, dass sie jünger aussieht.«

Er lächelte mich an. »Gehört Ihnen das Haus?«

»Der Freundin.«

»Wir haben eine kabellose Minicam auf der Veranda gefunden. Nicht die Beste, aber gut genug. Mittelmäßige Arbeit.«

Die Veranda. Was hatten wir auf der Veranda gemacht? Irgendetwas? Mein Kopf war wie leergefegt. Ich wurde von Scheinwerfern eines kleinen, schwarzen Hondas geblendet, der sich den Hügel hochkämpfte und dann in die Einfahrt fuhr.

»Erzählen Sie es ihr nicht«, sagte ich. »Ich kümmere mich darum.«

Monica stieg aus, und ich konnte nur Haare und Beine sehen. Sie war wie eine Naturgewalt. Ein wildes Tier, dem sein eigenes Herrschaftsgebiet zugesprochen wurde. Ihre Sexualität war nicht zurückhaltend oder niedlich. Sie war auch nicht aufreizend; sie war ungezähmt. Allein ihre Anwesenheit auf der Erde bewegte mich.

»Hi«, sagte sie lächelnd.

Santon erwiderte ihr Lächeln. »Miss, ist das Ihr Haus?«

»Ich wohne hier.«

»Ich bin Will Santon. Ich bin ein lizenzierter Privatdetektiv des Staates Kalifornien.« Er zeigte ihr seinen Ausweis. Sie studierte diesen und sah dann Will an, bevor sie erneut auf die Karte schaute. »Ich wurde von der Anwaltskanzlei Bode, Drazen und Weinstein beauftragt, um Ihr Haus nach Überwachungsausrüstung abzusuchen. Habe ich Ihre Erlaubnis, das Haus zu betreten?«

Sie fand meinen Blick. Ich nickte.

»Ja.« Sie klimperte mit ihren Schlüsseln und ging dann rein. Wir folgten ihr, eine Gruppe aus vier Anzügen. Die anderen beiden verteilten sich, sahen sich alles an, als Santon Monica Papiere zum Unterschreiben übergab. Ich stand hinter ihr und betete, dass, wer auch immer sie beobachtete, dies nur von außen tat. Wenn sie reingekommen waren, dann hätte ich den starken Drang, das Haus niederzubrennen.

Als sie mit Santon fertig war, drehte sich Monica zu mir um und flüsterte: »Ich fühle mich unwohl.«

Ich küsste sie auf die Stirn. »Hol deine Zahnbürste und was du sonst noch brauchst, damit wir hier verschwinden können.«

neunzehn

Monica

Ich fand eine Tasche im Schrank und warf sie aufs Bett. Meine Schubladen waren das reinste Chaos. Mein Schrank sah sogar noch schlimmer aus. Ich entschied mich für die Dinge, die ich zuerst berührte, und warf sie in die Tasche. Ich brauchte Arbeitskleidung und Klamotten für danach. Schuhe. Unterwäsche. Jonathans Spitzenzeug schien absurd. Würde seine Regel noch immer gelten? Strapse und Strümpfe fühlten sich albern und merkwürdig an, wenn ich daran dachte, dass sich Männer in meinem Haus befanden, die nach Kameras und Mikros suchten.

Ich warf beide Optionen in die Tasche. Aus dem Badezimmer holte ich Make-up, eine Bürste, Zopfgummis und meine Zahnbürste. Ich war mir sicher, dass ich an irgendetwas nicht dachte, aber ich wollte hier raus. Wenn ich etwas brauchen sollte, würde ich es kaufen.

Ich stopfte alles in die Tasche und hob sie hoch. Sie hatte etwas bedeckt: einen braunen Umschlag, auf dem mit einem Stift geschrieben stand: *Jonathan S Drazen III*. Eine von Gabbys Akten. Darren musste sie gefunden und für mich rausgelegt haben. Ich nahm sie in die Hand. Es war genug an Inhalt vorhanden, um ihr Gewicht zu geben, aber sie war nicht so groß wie die Umschläge, die sie für die Leute aus der Musikindustrie angelegt hatte. Höchstens zwanzig Seiten. Wahrscheinlich ein paar Freunde, die in Orange markiert worden waren, sowie Freunde in Gelb. Jessica wäre Pink. Die Ecken bogen sich und die Farbe war verblasst. Ich hätte ihn beinahe in die Tasche gesteckt. Aber nein, ich würde den

Umschlag nicht mit in sein Haus nehmen. Das wäre verrückt.

»Kommst du voran?« Jonathan lehnte gegen den Türrahmen, seine Jacke fiel über seine Schultern als eine Art perfekter Ausdruck für den Sieg über die Schwerkraft. Über alles. Wenn es möglich wäre, einen Türdurchgang zu besitzen, in dem man sich dagegenlehnte, oder die Scheiße aus einem Bereich herauszuprügeln, in dem man darin existierte, dann tat er das. Seine Besorgnis über das, was hier gerade in meinem Haus passierte, war greifbar. Es strömte als eine dichte Aura aus ihm heraus, wodurch er größer wirkte, präsenter, mächtiger. Ich erstickte unter diesem Gewicht.

Ich warf einen Blick auf den Umschlag. Die Seite mit seinem Namen zeigte nach oben. »Dreißig Sekunden oder weniger«, sagte ich. Er bewegte sich nicht. Ich wurde nervös. »Husch, Mädchenkram.«

Er machte sich davon, und ich konnte wieder atmen. Ich legte den Umschlag in die oberste Schublade, warf die Tasche über meine Schulter und lief mit dem Kopf nach unten aus meinem Zimmer.

zwanzig

Monica

Dass ich ihm von der Unterhaltung mit Jessica und dem Song erzählen musste, belastete mich. Ich konnte an nichts anderes denken. Ich konnte es ihm nicht an einem neutralen Ort erzählen. Ich konnte es ihm nicht einfach erzählen und dann gehen. Es war bereits spät. Mein Haus wurde überrannt.

Jonathan legte eine Hand auf meinen Schenkel, während seine andere Hand auf dem Lenkrad ruhte. »Sie werden noch heute Abend wieder aus deinem Haus raus sein.«

»Yeah. Es ist ein kleines Haus. Wie lange hat es bei deinem gedauert?«

»Ein paar Stunden.«

Ich sah aus dem Fenster. Ich fühlte mich noch immer überrannt. »Falls nichts gefunden wird, werde ich dich dafür beschuldigen, dass du eine große Sache daraus gemacht hast.«

»In dem Fall werden wir uns eine passende Bestrafung einfallen lassen.« Er sah nicht so aus, als würde er mit einer Bestrafung rechnen müssen. Eigentlich sah er eher so aus, als würde er mich beschwichtigen wollen. Das gefiel mir nicht besonders. Ich würde einfach alles dafür hergeben, wenn es wieder gestern sein könnte.

Wir warteten, als sich das Tor öffnete. Es schien ewig zu dauern, als es auf eine Weise rumpelte und klapperte, an die ich mich nicht erinnerte. Als Jonathan meine Hand in seine nahm und mich ansah, wirkte er müde. Hinreißend und mächtig wie immer, aber auch erschöpft.

»Ich will nicht, dass du dir Sorgen machst«, sagte er.

Ich drückte seine Hand. »Mir geht's gut.«

»Allerdings möchte ich, dass du darüber nachdenkst, wer vielleicht dafür verantwortlich sein könnte.«

»Ich habe das Gefühl, dass du schon eine Vermutung hast.«

Er sagte es nicht, aber ich wusste, dass er Kevin verdächtigte. Abgesehen davon, dass Kevin keinen Mehrwert daraus ziehen würde, mich zu beobachten, konnte anscheinend alles Böse in meinem Leben, das mich stalkte und wahrlich teuflisch war, nur einer Person zugeschrieben werden. Karriere läuft schlecht? Kevin. Kunstshow hatte Schwierigkeiten? Kevin. Schlechter Tag auf der Arbeit? Kevin. Kamera auf meine Veranda gerichtet? Kevin.

Als wir reinkamen, ließ er die Tasche fallen und schlang seine Arme um mich. Ich legte meinen Kopf an seine Schulter. Wir wiegten uns gegenseitig, verbunden, passten aneinander wie zwei Puzzleteile. Er küsste meine Wange, meinen Kiefer. Ein Prickeln von Hitze sammelte sich zwischen meinen Beinen an. Ich sah nach oben, gab ihm unbegrenzten Zugang zu meinem Hals. Er würde mich wieder nehmen, und es würde langsam und liebevoll und großzügig werden. Seine Hände arbeiteten sich meinen Rücken nach oben, und ich vergrub meine Finger in seinen Haaren, als er meine Schulter küsste.

Mein Körper schrie nach ihm. Nur einmal. Bevor ich ihm von der *Frontage*-Sache erzählen müsste. Nur ein wenig Trost. Nur um von seinem Körper umhüllt zu sein. Ich brauchte keinen Fick. Ich wollte Liebe mit ihm machen, und die Art und Weise, in der er mich gerade berührte, teilte mir mit, dass er das verstand.

»Jonathan.«

»Monica.«

»Warte«, stöhnte ich.

»Nein.«

»Bitte.«

»Du gehörst mir.«

»Tangerine.«

Er stoppte, trat einen Schritt zurück und sah mir dabei in die Augen. Seine Haare waren zerwühlt, seine Augen von Hitze verschleiert. »Okay, kleine Göttin. Was ist los?«

»Ich muss dir ein paar Dinge erzählen. Ich kann es nicht länger hinausschieben.«

»Na gut. Lass uns an die frische Luft gehen.« Er nahm meine Hand und führte uns in den Garten.

Wir setzten uns auf die Gartencouch, die sich in einer dunklen Ecke befand, wofür ich sehr dankbar war. Ich wollte kein helles Licht, das auf die Unterhaltung strahlte. Seine Hände berührten mich noch immer, streichelten über meinen Handrücken, meinen Schenkel, beschwichtigten mich.

»Also, du hast ja Jessica gesehen«, sagte ich. »Den Teil muss ich dir nicht erzählen.«

»Ja.«

»Und du hast gesehen, dass wir uns unterhalten haben.«

»Ja.«

»Sie hat mir ihre Visitenkarte gegeben und mir angeboten, dass sie mir alles über dich erzählen könnte.« Sein Gesichtsausdruck veränderte sich nicht. »Ich habe mit: ‚Nein, danke, wenn ich etwas über Jonathan wissen möchte, dann frage ich ihn‘, geantwortet.«

Er drückte meine Hand. »Du bist perfekt.«

»Na ja, vielleicht nicht. Sie hat mich gefragt, ob du mir von Rachel erzählt hast, und ich habe ‚Ja‘ gesagt. Sie hat mich gefragt, ob du mir alles erzählt hast, woraufhin ich vielleicht die Nerven verloren haben könnte.«

»Wirklich?«

»Ich habe ihr gesagt, dass ich nicht weiß, was sie will, aber dass sie dich nicht zurückhaben könnte, weil du zu gut im Bett seist.«

Er lachte lang und hart, warf seinen Kopf in den Nacken und zeigte dem Nachthimmel sein Gesicht. Sein Lachen füllte den riesigen Garten, und sogar ich musste lächeln, denn mal ehrlich, welcher Mann würde bei diesen Worten wütend werden? Genau jetzt wollte ich die Unterhaltung beenden. Wenn ich in seinen Schoß krabbeln würde, würde er seine Arme um mich wickeln, mich die Treppen hochtragen. Dann würden wir süße Liebe machen. Allein der Gedanke ließ meine Arme kribbeln.

»Ich war noch nicht bei den richtig unangenehmen Dingen.«

Er wischte sich die Tränen aus seinen Augen und lehnte sich zurück, total entspannt, sein Arm auf der Couchlehne. »Dann fahre fort.«

»Du bist im Bett wirklich sehr gut, weißt du.«

»Danke. Da gehören aber immer zwei dazu.«

»Richtig. Okay. Es gibt da einen Song.« Ich sagte den letzten Teil, als wäre ich gerade von einer Klippe gesprungen. *Es gibt da einen Song.* Fünf Worte, die mir keine andere Wahl ließen, als zu Ende zu erzählen. Ich starrte auf meinen Schoß runter. Ich konnte ihn nicht ansehen. »Jessica hat ihn gehört.« Ich räusperte mich. »Ich habe ihn geschrieben, nachdem du mich unterwürfig genannt hast und bevor ich dir die Liste gegeben habe.« Ich sah aus den Augenwinkeln zu ihm auf. Sein Lächeln war verschwunden. »Ich habe eine Probeaufnahme davon gemacht, was bedeutet, dass sie in der Industrie herumgereicht wird. Ich hatte seit langer Zeit keinen Song mehr geschrieben, und das war alles, was ich hatte. Das Ergebnis ist gut. Ein Typ, der neue Talente anwirbt, hat ihn gehört und wollte mich singen hören. Heute Abend sind sie gekommen.«

»Wie war sein Name? Von dem Typ, der Talente anwirbt?«

»Eddie irgendwas.« Jonathans Augen schlossen sich langsam und er presste seine Lippen zu einer Linie zusammen. »Was ist?«, fragte ich.

»Lass mich ihn hören.«

»Was hören?«

»Den verdammten Song.«

Mein Herz pochte so hart gegen meine Rippen, dass ich befürchtete, sie würden brechen. Meine Lungen zitterten, füllten sich und schienen sich nur teilweise zu entleeren. Ich hatte kein Instrument, hinter dem ich mich verstecken könnte, oder ein Blatt Papier, auf dem meine Bedingungen an ihn standen. Ich hatte lediglich zwei Minuten reiner, urtümlicher, verdammter Verletzlichkeit in seinem Garten, während er sich Gedanken darüber machte, was er von dem Song halten sollte, von mir, was er mir gegenüber fühlte, was seine Ex-Frau gehört hatte und was *sie* dachte.

»Er hat noch keinen Titel.«

»Der Song, Monica.« Seine Stimme war wie ein Ziegel, schonungslos und hart, ohne Schattierungen. Er wartete. Ich konnte nicht sagen, was er dachte, aber ich realisierte, je später ich anfangen würde, desto mehr Scheiße würde durch seinen Gedankengang gehen, und das war vielleicht keine gute Idee.

Ich sang mit meiner sanften, jazzigen Stimme. Ich sah ihn nicht an, denn ich wollte seine Reaktion nicht sehen. Ich wollte die Sache einfach nur hinter mich bringen. Beim letzten Übergang versagte meine Stimme; an der Stelle, an der ich fragte, ob ich die Dinge, die er mit mir machte, auch irgendwann mit ihm machen würde, denn die Fragen bezogen sich nicht mehr länger auf den Sex. Der Song offenbarte so viel. Scheiße. In dem Moment, als ich die letzte Zeile sang, hasste ich Musik. Ich wünschte, dass ich niemals eine Note vernommen hätte.

Sein Gesicht war in seinen Händen, seine Ellbogen auf den Knien. »Was hast du dir dabei gedacht?«

»Ich habe an dich gedacht.«

Er hob seinen Kopf. »Als du ihn *aufgenommen* hast? Was zur Hölle hast du dir dabei gedacht?«

Ich konnte nicht antworten. Ich hatte an mich gedacht. Dass es eine Gelegenheit darstellen könnte. Dass es ein guter Song war, und sobald es ein Song war, gehörte er mir, egal, um was es darin ging.

Sogar in der Dunkelheit erschreckte mich sein Gesicht. Ich hatte diesen Ausdruck schon einmal gesehen. An meinem Vater, kurz bevor er Dinge warf oder die Gardinen im Wohnzimmer auseinandergerissen hatte.

»Es tut mir leid«, flüsterte ich.

»Ich bin froh, dass es dir leid tut. Aber warum tut es dir leid? Aus welchem Grund? Tut es dir leid, weil du mir davon erzählen musstest, oder weil du dich so egoistisch verhalten hast? Denn es geht hier nicht nur um dich. Es geht um *uns*. Wir sind kein Geheimnis. Falls wir uns nicht morgen trennen, handelt dieser Song von mir und wird mich überall hin verfolgen. Verdammte Scheiße, Monica. Ich weiß, dass du ehrgeizig bist. Ich erwarte auch nichts anderes von dir. Was ich allerdings nicht erwartet habe, ist, dass du etwas so wahnsinnig Egoistisches tun würdest.«

Obwohl wir im Freien saßen, fühlte ich es sich an, als würde sich um mich herum eine Box schließen. Wenn er falsch liegen würde oder ich ein Argument hätte, dann würde sich die Box vielleicht nicht so anfühlen, als würde sie sich mit Wasser füllen und ich drei Sekunden vorm Ertrinken stehen. Aber ich hatte falsch gehandelt. Ich hatte das nicht erkannt, als ich den Song aufgenommen hatte, aber ich wusste es, als ich ihn vor Jessica gespielt hatte. Ich hatte meinen Ehrgeiz über meinen Respekt für ihn gestellt, und das konnte ich nicht abstreiten.

Sein Gesichtsausdruck war teilnahmslos, abgeschottet. Der Wasserspiegel in der Box stieg unaufhörlich an. Ich fühlte mich nicht nur gefangen, sondern auch allein und verängstigt. Ein weiteres Wort von ihm, und ich würde meine Fassung verlieren.

»Okay, ich verstehe«, sagte ich, bevor ich zurück ins Haus lief.

einundzwanzig

Jonathan

Als die Fliegengittertür hinter ihr zufiel, trat ich den Glastisch um. Er zerbrach. Ich dachte darüber nach, mich auch an den anderen Möbeln auszulassen, aber ich war nicht auf die Möbel wütend. Ich war wütend auf mich. Ich sollte nicht fühlen, was ich für Monica fühlte. Ich sollte mich nicht auf eine perverse, emotionsgeladene Beziehung mit einer ungeübten Sub einlassen. Einfach dämlich. Ich hatte es verdient.

Als ich Jessicas Hände während dem Sex festgehalten hatte, hatte sie jedem erzählt, dass ich sie vergewaltigen wollte. Ein Klaps auf ihren Arsch und ich war ein Missbrauchstäter. Es hatte bereits wehgetan, wenn sie mir diese Worte an den Kopf geknallt hatte. Als sie es dann auch hinter meinem Rücken erzählt hatte, fühlte sich das noch schlimmer an. Später hatte ich herausgefunden, dass sie es vor mir mit Männern nicht leicht gehabt hatte. Ich hätte verständnisvoller sein sollen, aber es war ja nicht so, dass ich nicht auch mit meinem eigenen Scheiß zu kämpfen hatte.

Als Monica ihren Song in dieser rauchigen Stimme eines gefallenen Engels gesungen hatte, wusste ich, dass ihre Absichten rein gewesen waren. Auch wusste ich, dass die Resultate scheiße werden würden. Viele in meinem sozialen Kreis hassten mich bereits. Wer wusste schon, auf wen oder was diese Performance eine Auswirkung haben würde? Mein Unternehmen? Meine Familie? Die möglichen Nachwirkungen eröffneten sich mir durch flammende Verachtung und Spott. Verlorene Deals. Unangenehme Abendessen, Angebote von den falschen Frauen, blaue Flecken auf den Rippen, von Männern, die dachten, dass Monica meine Hure wäre, oder noch schlimmer, dass ich sie mit anderen teilen würde.

Jessica hatte irritierender Weise noch zusätzlich zu meiner Demütigung beigetragen, indem sie sich unserem gesamten sozialen Kreis und genügend Familienmitgliedern anvertraut hatte, um das Osteressen zu einem Alptraum umzuwandeln. Aus dieser Sache hatte ich mich niemals befreien können, und der Song könnte mich weiter in einen Ruf treiben, den ich nicht verdiente und auch nicht wollte. Ich wollte Bondage nicht zu meinem Lifestyle machen. Ich hatte kein Interesse an den Clubs oder den Kostümen. Ich wollte normal sein, abgesehen von den Momenten, in denen ich es nicht war. Und trotzdem würde ich gebrandmarkt sein.

Ich lief um den Pool herum. Monica musste weg. Sie und ihr Song und ihre gottverdammten, künstlerischen Ambitionen mussten aus meinem Leben verschwinden, bevor ich mich noch ansteckte. Ich musste es schnell durchziehen und dann mein Leben weiterführen. Ich musste jede Art von Entschuldigungsbekundigungen ignorieren. Ich musste meine Gefühle vergessen, die Erinnerung daran, wie sie sich um meinen Körper wickelte, wie sie mich verzaubert und entwaffnet hatte. Ich musste sie durch eine Schocktherapie aus meinem System entfernen.

Ich stoppte, und wie der Ruf einer Sirene lud mich der Pool zu sich ein. Ich kickte meine Schuhe von den Füßen und tauchte ein. Das Wasser war kalt und schwer, und meine Kleidung führte nur dazu, dass ich noch schneller unterging. Ich schwamm an die Oberfläche, und die Anstrengung sperrte mich wieder in meinem Verstand ein. Die Panik und Sorge kam zurück, aber auf einem niedrigeren Level. Die Dinge, die ich gewöhnt war, nicht die verzehrenden Dinge.

Ich navigierte an den Rand des Pools. Ich hatte Angst davor auszusteigen, da ich mir wahrscheinlich den Arsch abfrieren würde. Vor allem aber hatte ich Angst davor, mich mit der Frau auf meiner Veranda auseinanderzusetzen, falls sie überhaupt noch hier war. Ich legte meine Wange auf meinen

Unterarm, und sagte: »Monica, Monica, du warst so perfekt.«

Dass ich sie verlieren würde, machte mich traurig. Aber ich konnte nicht mit ihr gesehen werden, wenn sie weiterhin dieses Lied sang, und sie hatte klargestellt, dass es mir nicht gestattet war, mich in ihre Arbeit einzumischen. Ich wusste, dass sich mein kleiner Faden der Traurigkeit bald in ein großes Garnknäuel verwandeln würde. Ich wusste, wie sehr es mich nach ihr verlangte, und warum, und wie. Auch wenn ich sie erst seit sechs Wochen kannte, würde ich sie vermissen.

Mein Handy klingelte. Es hatte sich auf dem Glastisch befunden, den ich zerschmettert hatte. Anscheinend hatte es überlebt. Ich stieg aus dem Pool und tropfte zu dem Telefon, während meine Hose an meinen Beinen klebte.

Es war Will Santon.

»Hi, Will.«

»Wir haben fünf Kameras mit Mikros überall im Haus verteilt gefunden. Alle kabellos, und die Verbindung ist unterbrochen worden. Wahrscheinlich nachdem sie das Auto besprüht hat.«

»Wir müssen herausfinden, wer dafür verantwortlich ist.« Ich sollte mir diesbezüglich eigentlich keine Gedanken mehr machen, aber ich beobachtete mich dabei, wie ich redete, als würde es mich noch etwas angehen.

»Irgendeine Idee?«

»Sie arbeitet mit einem Künstler zusammen. Kevin Wainwright. Die beiden haben eine gemeinsame Vergangenheit.«

»Wir kümmern uns darum«, sagte Santon.

»Schicken Sie meiner Schwester die Rechnung.«

»Verstanden.«

Ich wollte gerade auflegen. »Santon?«

»Yeah?«

»Kameras in der Küche?«

»Nein.«

»Danke«, sagte ich leise und legte auf. Meine Erleichterung tropfte genau wie das Wasser von meinem Körper. Keine in der Küche. Was hatten wir im Schlafzimmer gemacht? Ich hatte ihre Augenlider geküsst. Nicht das Optimale, klar. Aber auf jeden Fall ein Problem, dass gelöst werden konnte, denn allein die Tatsache, dass sie sich Zugang zum Haus verschaffen konnten, waren schlechte Neuigkeiten. Aber kein Kink hatte es auf ein Video geschafft. Vielleicht wäre ihre Würde gerettet, wenn die Aufmerksamkeit nur auf meinem Privatleben liegen würde.

Ich wusste nicht, wie lange ich dort mit dem Handy in meiner Hand gestanden hatte, aber als meine Zähne anfingen zu klappern, ging ich ins Haus.

Keine Kameras in der Küche. Monicas Vorstellungskraft hatte mich vor einem Teil der Demütigung bewahrt. Währenddessen hatte sie eine Krise, und ich hatte einen Wutanfall wegen etwas, für das sie sich entschuldigt hatte. Ich war bereit gewesen, Monica sich selbst zu überlassen, obwohl sie mich brauchte, um sie zu beschützen, gerade weil sie nicht perfekt war. Und warum? Weil ich mir darüber Gedanken machte, was die Leute über mich dachten.

Sie wussten nicht, was ich wusste. Sie wussten nicht, wie es sich anfühlte, die komplette Kontrolle über einen Frauenkörper, ihre Lust, ihre Gedanken und Emotionen zu haben. Sie formten keine Erlebnisse. Vergleichbar mit einem Bildhauer, der Ton formte, drang ich während des Tages in ihr Bewusstsein ein, um die Antizipation für die Nacht zu schaffen. Ich trieb sie an, plante die Orgasmen, nicht nur um das befriedigende Ende zu erreichen, sondern als ein bis in die kleinsten Einzelheiten geplanter und wohldurchdachter Akt. Der Höhepunkt meiner Absicht ging an den Gedanken, was die größte Belohnung darstellte, und ich könnte die Kontrolle genauso wenig abgeben, wie Monica Musik aufgeben könnte.

Ich hatte es mit anderen Frauen probiert und war gescheitert oder schlecht dabei weggekommen. Aber nicht mit Monica. Es ging nicht nur darum, was sie mir erlaubte und wie sie sich unterwarf; es ging um die Momente, in denen sie das nicht tat. Sie antwortete nicht mit spontanen Ideen, weil ich Schwäche zeigte, sondern weil ich ihr Freiraum ließ, damit sie mich überraschen konnte. Wie die Küche. Der letzte Ort, an dem ich sie erwartet hatte zu finden, war wahrscheinlich der einzig sichere Ort im Haus gewesen.

Was wir zusammen erschufen, war bedeutender als das, was ich für mich selbst erschaffen hätte. Monica stellte meine perfekte Leinwand dar. Der Rest müsste von allein Gestalt annehmen. Sie gehörte mir. Was wir miteinander hatten, gehörte mir. Ich hatte es mir verdient.

Scheiß auf den Rest.

zweiundzwanzig

Monica

Die Decke, die ich um meinen Körper gewickelt hatte, roch nach dem alten Jonathan. Salbei. Nebel. Jessica hatte diesen Duft für ihn ausgewählt, und trotzdem vergrub ich mein Gesicht darin. Ich starrte auf das offene Tor. Ein Taxi war auf dem Weg. Falls er nicht vor dem Taxi auftauchen sollte, würde ich mich einfach wieder in meine alte Welt zurückbewegen und ihn niemals wiedersehen. Das könnte auch nicht schwieriger werden als vorher.

Ich konnte seinen Duft wahrnehmen, noch bevor ich ihn sehen konnte. Der Leder-und-Sägemehl Jonathan. Ich schaute über meine Schulter ins Haus und sah, wie er hinter dem Stuhl stand, der der Tür am nächsten war. Seine Haare waren nass, aber seine Kleidung war trocken. Er trug seine typische Maske der unerbittlichen Belustigung.

»Du hast gewartet.«

»Taxi ist auf dem Weg.«

Er setzte sich in den Stuhl. »Es tut mir leid, dass ich die Kontrolle verloren habe.«

»Schon gut.«

»Ich habe das Gefühl, dass ich dir eine Erklärung schuldig bin.«

»Du bist wütend geworden. Ich kenne den Grund«, sagte ich.

»Nein, tust du nicht.« Er lehnte sich im Stuhl zurück und legte einen Fußknöchel auf sein Bein. »Als ich Jessica geheiratet habe, war ich ein netter Vanillasex-Kerl. Wir hatten viel Sex, und wir dachten, dass mit uns alles in Ordnung sei. Das war es auch. Abgesehen von dem dunklen Ort, den ich wegen der Sache, die mit Rachel passiert war, schon immer in mir hatte. Ich war damals noch so jung, und noch nicht bereit. Und mein Vater… na ja, ich konnte ihn nicht einmal ansehen. Kann ich noch immer nicht. Ich habe es noch nie jemandem erzählt. Niemand wusste davon, außer Jessica. Dass sie es wusste, machte mich glücklich, und glücklich zu sein, na ja, ich fing an darüber nachzudenken, wie gut es sich anfühlen würde, wenn ich sie nur etwas härter ficken könnte. Ihre Hände festhalten. Ihr sagen, wann sie kommen kann. Ihren Hintern spanken.« Er hielt inne, als würde er sich an einen bestimmten Vorfall erinnern. »Es ist nicht gut ausgegangen. Ich wusste nicht, wie ich aufhören könnte, und sie wusste nicht, wann man den Mund halten sollte. Alle ihre Freunde nahmen an, dass mir einer abging, wenn ich sie schlug. Die haben es ihren Ehemännern erzählt, und bevor du verstehst, was passiert ist –«

»Unterhält sich keiner mehr mit dir auf der Eclipse-Show.«

»Richtig. Und ich habe sie verloren. Wenn du dich scheiden lässt, dann gibst du nicht nur eine Person auf, du gibst auch die Träume auf, die du mit dieser Person hattest. Die loszulassen, ist am schwersten.« Er nahm seinen Knöchel vom Bein und stützte seine Ellbogen auf den Knien ab. »Jetzt bin ich mit einer anderen zusammen, und sie ist wunderschön mit mir. Aber dann singt sie dieses Lied, und jeder wird es hören und denken, dass ich versuche, sie zu vergewaltigen und zu misshandeln. Alles kam zu mir zurück.«

»Du glaubst gar nicht, wie leid es mir tut.«

»Du solltest das Taxi stornieren.«

»Ich möchte wirklich nach Hause.«

»Du gehst heute nicht mehr nach Hause. Sie haben Kameras gefunden.«

»Oh, Gott.« Es fühlte sich an, als würde ein Stachel in meiner Brust stecken. Das war mein Haus. Es war schon immer mein Haus gewesen. Ich fühlte, wie ich zusammenbrach, und ich musste meine Zähne aufeinanderbeißen, um meine Fassung nicht zu verlieren.

»Es ist jetzt alles sauber. Und es gab keine in der Küche.«

Ich lachte vor Erleichterung. Die Sache auf dem Küchenboden war das erste, das mir Sorgen bereitet hatte, und das einzige, das ich nicht als Möglichkeit in Erwägung ziehen wollte.

»Wir müssen herausfinden, wer dafür verantwortlich ist. Und jetzt will ich nur umso mehr, dass jemand auf dich aufpasst.«

Ich schüttelte meinen Kopf. »Ich kann bei Darren unterkommen.«

»Das ist keine Langzeitlösung.«

Langsam nervte er mich. Er hatte die Unterhaltung genommen und sie sich zu Eigen gemacht. »Jonathan, hör auf. Langzeitlösungen sind meine Angelegenheit.«

»Wie das?«

Ich atmete tief ein. Ich wusste, was ich sagen wollte. Aber nachdem ich die Sache mit meinem Haus erfahren hatte, und seine Geschichte, wusste ich nicht, ob ich dazu noch die Kraft aufbringen konnte. Ich vergrub mich noch tiefer in der Decke. »Es tut mir leid, Jonathan. Was ich mir mit dem Song geleistet habe, war falsch. Ich werde tun, was in meiner Macht liegt, um die Nachwirkungen gering zu halten. Ich werde etwas anderes aufnehmen, um es Jerry vorzulegen. Ich kann es für Jessica nicht ungehört machen, aber es ist ja nicht so, dass sie bezüglich deiner Vorlieben ahnungslos war.«

»Nur nebenbei, ich kenne Eddie von *Carnival Records*. Du hast ihn im *Loft Club* kennengelernt. Kumpel aus —«

»Penn. Richtig. Sorry. Auch für ihn kann ich es nicht ungehört machen. Vielleicht denkt er ja jetzt, dass du eine heiße Nummer bist?«

Er zuckte mit den Achseln und schwang seine Beine über die Stuhllehne. Für einen Kerl, der vor zwanzig Minuten noch so ausgesehen hatte, als hätte vor, mich mit einem Gürtel auszupeitschen, schien er jetzt äußerst relaxt zu sein.

»Ich bin sorglos mit deinen Gefühlen umgegangen«, fuhr ich fort. »Ich hätte zuerst mit dir darüber reden sollen. Weil es dein Leben ist, und weil ich hätte wissen müssen, dass du deine sexuellen Vorlieben vielleicht nicht breitgetreten haben möchtest. Also eigentlich wird es das schon, aber du brauchst keine Bestätigung von deiner Liebhaberin. Ich habe darüber nachgedacht, und auch ich will das Thema nicht überall sehen. Ich könnte es als Metapher runterspielen, aber dein Ruf bedeutet, dass das nicht geht. Dann werden wir das Pärchen, das sich mit niemandem unterhalten kann, weil wir sie alle zum Kichern bringen.«

Er stieß ein bitteres Lachen heraus, als wüsste er genau, von was ich gerade sprach. Das tat er auch. Ich ließ seine Vergangenheit erneut geschehen. Ich wäre die zweite Frau, die ihn verlässt, weil er ein Dom war. Bevor er rausgekommen war, hatte ich mich mit der Tatsache besänftigt, dass er mich nicht liebte und wir uns noch nicht so lange vertraut waren. Irgendwie schien das aber nicht der Wahrheit zu entsprechen. Ich würde ihm wehtun, und ich hatte nicht die Macht, dies zu verhindern.

»Also«, fuhr ich fort, »in dem Moment habe ich realisiert, dass ich mit niemandem reden kann, wenn ich mit dir zusammen bin. Ich müsste einen Großteil meines Lebens vor Leuten geheim halten, weil sie mich sonst verurteilen. Ich bin die Unterwürfige hier. Ich bin die Lusche, die ihren Arsch gespankt bekommt. Ich bin diejenige, die mit blauen Flecken am Handgelenk umherlaufen muss. Du bist der Master, und ich stehe unter dir. Also, was zur Hölle tue ich hier eigentlich? Ist mir mein Leben und meine Karriere egal? Wie soll ich mich in einem Meeting durchsetzen, wenn sich der Kerl auf der anderen Seite des Schreibtischs vorstellt, wie ich mit einem Ballknebel aussehe? Wie soll ich als respektierte Musikerin angesehen werden, die vor einem Publikum bestehen kann, wenn sie alle denken, dass ich die Sklavin eines Mannes bin?«

Das Taxi erhellte mit plötzlicher Scheinwerferbeleuchtung die Einfahrt.

»Ich schicke ihn wieder weg.« Jonathan stellte seine Füße wieder auf den Boden.

Ich entfernte die Decke und stand auf. »Nein, ich gehe.

Was wir miteinander haben, ist nicht, was ich will. Es ist zu viel. Noch nie habe ich einen Mann wie dich kennengelernt, und mit Gottes Hilfe werde ich das auch nie wieder, denn ich glaube nicht, dass ich das überleben würde. Ich kann mir nicht einmal vorstellen, mit einem anderen Mann zusammen zu sein.«

Er sah mich an. »Du wirst nicht gehen, Monica.« Er umfasste meine Hände. Seine waren kalt, und das Bedürfnis, sie zwischen meinen aufzuwärmen, war unerträglich.

Ich sagte: »Bevor ich gehe, will ich, dass du weißt, dass ich dich liebe. Ich habe gedacht, dass ich nie wieder jemanden lieben wollen würde, und vielleicht stimmt das auch. Ich meine, sieh dir nur an, mit was dieses Gefühl einhergeht, richtig? Je mehr ich mich in dich verliebt habe, desto schwerer fiel es mir, dich zu verlassen. Das ist das Schwerste, das ich jemals getan habe.«

Als er aufstand, schien er größer, näher, massiver. »Du wirst nicht gehen.«

»Das werde ich.«

»Nein. Kannst du nicht sehen, wie perfekt wir zusammen sind? Was du zerbrichst, ist nicht nur Sex. Wir sind kein bedeutungsloser Fick, das waren wir nie. Nicht von der ersten Nacht an. Nicht vom ersten Moment an, in dem ich dich erblickt habe. Du wurdest für mich gemacht. Ich habe es so lange abgestritten, wie ich das konnte, aber wir sind füreinander geschaffen. Du bist der Ozean zu meinem Himmel. Wir sind am Horizont verbunden.«

»Mach es mir bitte nicht schwerer, als es bereits ist.« Meine Stimme brach. Ich schniefte. Gott. Verdammt. Diese verfickten Tränen.

Er stand auf und legte seine Arme um mich, schloss mich ein. Wie er passte. Wie sich seine Berührung perfekt auf mir anfühlte. Wie sehr ich ihn wollte, als er meine Wange und meinen Hals küsste und meinen Namen hauchte. »Geh nicht«, flüsterte er. »Ich will dich, kleine Göttin. Immer. Bitte. Sag mir, was du willst. Sag mir, was ich tun muss.«

Der Taxifahrer hupte.

»Lass mich gehen, Jonathan.«

»Nein.«

Ich schubste ihn mit aller mir zur Verfügung stehenden Kraft von mir weg, und trotzdem hielt er mich fest. »Lass mich gehen.«

Er hielt mich fester. »Wir sind noch nicht fertig miteinander.«

Ich wollte mich gegen ihn fallen lassen, mich ihm vollkommen ergeben. Die Umarmung und seine Berührungen zu akzeptieren, ihm zu erlauben, mich die Treppen hochzuführen, wäre so einfach gewesen. Diese Nacht wäre wunderschön und liebevoll geworden. Aber was wäre am nächsten Tag, nächste Woche oder nächsten Monat?

Als ich ihn erneut von mir wegstieß, ließ er mich los. Ich trat einen Schritt zurück und wäre fast hingefallen. Er streckte seine Hand aus, um mir zu helfen, aber ich ging ihm aus dem Weg.

»Leb wohl. Es tut mir leid«, sagte ich.

»Es muss dir nicht leid tun.« Er stand aufrecht, sein Kinn stolz erhoben und seine Schultern relaxt. »Das ist noch nicht vorbei.«

Ich wollte ihm noch einmal sagen, dass ich ihn liebte, aber das hätte mehr Schaden als Nutzen angerichtet. Ich rannte die Treppen runter. Das Taxi wollte mich gerade hier zurücklassen, aber ich fasste nach dem Griff und öffnete die Tür. Der Fahrer hielt an und ich stieg ein.

Bei meinem letzten Blick zurück sah ich Jonathan, wie er von hinten erleuchtet auf der prächtigen Veranda stand, als hätte er die absolute Kontrolle über die Situation. Eben ganz der König.

Es geht weiter in Teil 5.

Du kannst mich auf Pinterest, Tumblr, Twitter, Goodreads und Instagram finden.

Um auf dem Laufenden zu bleiben, suche *CD Reiss auf Facebook*.

Bei Fragen: cdreiss.writer@gmail.com.

Und, falls du irgendwelche Gefühle hattest, während du das Buch gelesen hast, die du gerne teilen möchtest, dann würde ich mich über eine Rezension sehr freuen.

Oh, und registriere dich für den Newsletter

"Jackson Grimstone," Kraz spat out the name as if it was a curse. The judge lowered himself back into his chair. The crowd was soon abuzz with whispers of what the people called him. *Spellpunk.*

"Ah, Krazy, you remember me. I'm touched. Not as much as you," Grimstone said, "or young girls accused of witchcraft apparently."

"This is my courtroom and I shalln't...."

"You shalln't interrupt the big people when they are speaking." Grimstone lifted his goggles and met the judge's eyes. "I believe I told you I did not want to see another of these circuses."

"But Ingeline Gray has been found guilty of witchcraft."

"By who? You? I laugh. Ha."

"She consorts naked with the Devil."

"Well, you can't very well consort fully clothed. It takes all the fun out of it. Although in your case it might be considered mandatory to prevent screams of fear and a lifetime of nightmares." The Spellpunk punctuated his words with a smile, playing to the crowd, which rewarded him with laughter. Kraz, in turn, burned with anger.

Flipping the tip of the cane atop his right shoulder, Grimstone walked to the girl in chains.

"Tell me, girl, have you consorted with the Devil?"

"I have not."

"And has anyone asked you to become naked?"

"Him!"

Grimstone slowly turned his head, stopping in mock shock when his line of sight reached the judge. "Let the record show, she has indicted Krazy. So if she was asked to consort with you and she consorted with the Devil, I suppose we have no choice but to conclude that you are the Devil. How do you plead?"

"I object!"

Grimstone walked around the girl, dragging his cane tip along the floor as he went. "Pity, because as you so aptly pointed out this is your court and objections are only for barristers during the trial, not sentencing. As you are the judge, I fear you hardly qualify. Sadly, I already held you in contempt and that was before I realized you were the Devil."

"Bailiffs, take this man into custody!"

"Really? You are going to take that tactic?" Grimstone rolled his eyes and looked at Ingeline. "Sad really, but what are you going to do?"

"I was working on escaping," the girl said.

Grimstone laughed. "Excellent. What was your plan?"

"Getting out of the chains and running far away, really quickly."

"Hmm..." Grimstone rubbed his chin. "Simple, understated. I like it. Mind if I help?"

"Well-told tale in an interesting world." - Sam Tomaino, SFRevu

OTHER BOOKS BY PATRICK THOMAS

MURPHY'S LORE™: TALES FROM BULFINCHE'S PUB - FOOLS' DAY - THROUGH THE DRINKING GLASS - SHADOW THE WOLF - REDEMPTION ROAD - BARTENDER OF THE GODS - NIGHTCAPS - EMPTY GRAVE

MURPHY'S LORE STARTENDERS™ STARTENDERS - CONSTELLATION PRIZE

MURPHY'S LORE AFTER HOURS™ UNIVERSE:
TERRORBELLE: FAIRY WITH A GUN - FAIRY RIDES THE LIGHTNING - TERRORBELLE THE UNCONQUERED
AGENT KARVER: RITES OF PASSAGE *(with John French)* - DEAD TO RITES
HELL'S DETECTIVE: LORE & DYSORDER - BULLETS & BRIMSTONE *(with John French)* - THE CASE OF THE MOON MANIAC *(graphic novel with Blair Webb)*
HEXCRAFT: BY DARKNESS CURSED - BY INVOCATION ONLY
SOUL FOR HIRE: GREATEST HITS

XILES: EXILE & ENTRANCE

BIKINI JONES: BIKINI JONES VS. THE BRAINNAPPERS FROM OUT SPACE - BIKINI JONES VS THE SEA MONSTERS - BIKINI JONES VS THE EMPEROR OF PLANET Z

THE JACK GARDNER MYSTERIES: THE ASSASSAINS' BALL *(with John French)*

GRIFFIN, BATSQUATCH, & DINGBAT: CRYPTID FIGHT CLUB

DEAR CTHULHU™: HAVE A DARK DAY - GOOD ADVICE FOR BAD PEOPLE - CTHULHU KNOWS BEST - WHAT WOULD CTHULHU DO? - CTHULHU HAPPENS - CTHULHU EXPLAINS IT ALL - CTHULHU TAKE THE WHEEL

MYSTIC INVESTIGATORS™: MYSTIC INVESTIGATORS - MEAN STREETS - ONCE MORE IN CRIME omnibus by Patrick Thomas & Diane Raetz - SHADOWS & BRIMSTONES omnibus by Patrick Thomas & John L. French

AGENTS OF THE ABYSS: FRANKENSTEIN: MONSTERS OF THE ABYSS - DETECTIVES OF THE ABYSS (both with John L. French) STARING INTO THE ABYSS *(Editor)*

YA: THE WILDSIDHE CHRONICLES OMNIBUS *(contributing author)*

ANTHOLOGIES AS CO-EDITOR NEW BLOOD *(with Diane Raetz)* - CAMELOT 13 *(with John L. French)*

WRITING AS PATRICK T. FIBBS

YA: EMOTIONAL SUPPORT NIGHTMARE

MIDDLE READERS:

UNDEAD KID DIARIES™: OVER MY DEAD BODY - IT'S MY PARTY AND I'LL DIE IF I WANT T
BABE B. BEAR MYSTERIES™: BAD HAIR DAY - AIN'T SEEN MUFFIN YET
JOY REAPER CHECKS OUT

YOUNGER READERS:
UGHABOOZ™ PICTURE BOOKS: 5 SILLY MONSTERS JUMPING ON POOR ZED - ON TOP OF A YETI
SOGGY GOES TO THE BEACH *an Ughaboos™ early reader*

FUSHIA THE MERMAID™ PICTURE BOOKS: FUSHIA: THE MERMAID WHO LOVED PINK